異世界料理で子育てしながらレベルアップ！
～ケモミミ幼児とのんびり冒険します～

3

桑原伶依

この作品はフィクションです。
実在の人物・団体・事件などに
一切関係ありません。

異世界料理で子育てしながらレベルアップ！ 3
～ケモミミ幼児とのんびり冒険します～

ⓒⓞⓝⓣⓔⓝⓣⓢ

異世界料理で子育てしながらレベルアップ！ 3

～ケモミミ幼児とのんびり冒険します～

プロローグ

昨日の夕方引っ越してきた屋敷の寝室で、俺は自分のステータスを確認し、心の中で叫んだ。

(な、なにこれぇーッ!?)

一夜明けたら、スキル一覧に【食材栽培(さいばい)】という文字が増えていた。

原因は……おそらくアレだろう。

昨日の午前中、アムリの実を採取したとき、シヴァがうっかり、覚えたての魔法で樹を傷つけてしまった。

アムリの実は、子供にとっては栄養たっぷりの美味しい果物に過ぎないが、年老いた者が一日一個食べれば一歳若返り、十日食べ続ければ十歳若返る。

若返った分だけ寿命も延びるから、元気で長生きしたい権力者や、いつまでも若く美しくありたい高貴な女性たちは、いくら金貨を積んでも欲しがるという。

けれどアムリの樹は、魔力が多い場所でしか育たず、百年に一度しか花を咲かせない。

しかも、朝咲いて夕方枯れる一日花(いちにちばな)だ。

おまけに自家受粉できない植物だから、近くに二本以上生えていないと実がつかないという、幻の超激レア果実だよ。

もし傷つけたのが原因で、樹が枯れてしまったら取り返しがつかない。

そう思って回復効果がある水をかけると、傷は瞬く間に修復され、枝に付いた新芽がみるみる伸びて、花まで咲いた。

あり得ないことが起きたから、嫌な予感はしてたんだ。

恐る恐る【食材栽培】をタップしてみると――。


【食材栽培】

異世界の水で、異世界料理に使える美味しい食材を栽培できる。

異世界の水を植物にかけると活力を与え、季節を無視して急速に成長促進(そくしん)できる。

特別な薬効(やっこう)がある食材や薬草は、栄養も魔力も豊富で、効果が通常の二倍になる。


こんな説明文が表示された。

この『異世界料理』っていうのは、俺のアイテムボックスに召喚(しょうかん)される、地球の食材や名水で作った料理のことだ。

俺——ニーノこと新野友己は、夏休み直前に、すれ違った四人の高校生たちとともに、異世界へ召喚された。

高校生たちは【勇者】【賢者】【聖盾騎士】【聖女】という最高クラスの職業で、多くの有用なスキルを授かり、ステータスも高かった。

でも俺は非戦闘職の【洋食屋見習い】で、『召喚されし者』が必ず授かる【言語翻訳】と【アイテムボックス】、【料理】と【食材・料理鑑定】スキルを持っていただけ。

しかも俺だけ成長期をとっくに過ぎた二十八歳で。

「その歳でまだ見習いとは嘆かわしい」

「よほど不器用なのか、怠けてろくに技術を磨かなかったのか、どちらかでしょうね」

「二十八歳となると、どう頑張っても、ステータスはさほど上がらないでしょう」

——などとバカにされた。

確かに俺は、都内の有名レストランで修行したあと、親父の店を継ぐために経営の勉強を始めた【洋食屋見習い】だけど、料理や製菓のコンテストで何度も優勝してるよ！

問答無用で召喚しといて、謝罪もなしに戦力外だと非難するって、酷すぎるよね!?

ともに召喚された高校生たちにも、「勇者召喚に巻き込まれた一般人じゃないか？」とステータスの低さを嘲笑われ、年長者として心配してやる気も失せた。

俺は慰謝料代わりの生活支援金をせしめ、城下で働くと見せかけて、隣国へ逃げることにしたんだ。

逃亡中に判ったことだが、俺の【料理】スキルは普通の料理を作るスキルじゃない。

魔力量に比例して小さいと思われていた俺のアイテムボックスは、異世界料理を作るための特別仕様。時間停止・容量無制限の【無限収納庫】、毎朝異世界の食材を召喚する【召喚食品庫】【召喚冷蔵庫】【召喚水サーバー】、消耗品や備品を召喚する【召喚店舗倉庫】、解体や下拵えができる【フードプロセッサー】、【亜空間厨房】がセットになっている。

俺が異世界の食材で作った料理には、食べた人のステータスを一時的に底上げしたり、特殊効果を付けたり、レベルアップするための経験値を倍加したり、基本ステータスの成長を促進したりする支援魔法が自動的に付与されるんだ。

こんなチートスキルを持っていると知られたら、城に連れ戻されるかもしれない。

俺は強行軍で駅馬車と急行馬車を乗り継ぎ、ヘルディア王国辺境のカナーン村冒険者ギルドで護衛を雇って、危険な魔物が棲む大森林を横断した。

そのとき保護した子供たちが、犬人族の男の子シヴァ。兎人族の男の子ラビ。猫人族の女の子キャティ。男の子たちは五歳で、女の子はまだ三歳だ。

子供たちは、魔物に襲われた奴隷商人の馬車の中に隠されていた。

おそらく三人とも、獣人の村を襲う大規模な連続誘拐事件の被害者で、親元に帰れる可能性は低いらしい。

だから俺が保護者になるため、隣国――リファレス王国辺境のルジェール村で冒険者登録して、子供たちとパーティーを組んだ。

幸い俺は食べることには困らないし。

逃亡中に【食材探索】スキルが増えたおかげで、大森林で超激レア薬草などを採取して荒稼ぎしている。

ルジェール村は、子供連れで採取専門の冒険者活動をするにはいいところだ。

でも、庶民向け宿屋の硬いベッドとトイレ事情には限界を感じていた。

冒険者ギルドで『護身格闘術』を教えてくれたドミニク先生に相談したら、立地が悪くてなかなか売れない大邸宅の管理人に推薦され、そこを格安で借りることになったんだ。

昨日【食材探索】スキルで高く売れそうなものを探したのは、新居で使う家具や魔石の購入資金を得るためだった。

1．新居へ移った翌日

条件付きで借りた新居は村の外――大森林の浅部(せんぶ)に位置する、元Aランク冒険者だった貴族の邸宅(ていたく)だ。

約二万坪の広大な敷地に建つ本館は、地上三階、地下一階建てで、屋根裏部屋もある。まるで洋館風マンションみたいな大邸宅の一階は、かつて完全予約制の高級レストランだったらしい。

俺たちは、二階の広い主寝室にベッドを四台並べて寝ている。

まだ日の出前だけど、俺は子供たちを起こすことにした。

どのみち今日は大森林で採取がてら、アムリの樹の様子を見に行くつもりだったけど、のんびりしてはいられない。

俺は昨日、この目で見たんだ。アムリの樹が二本同時に花を咲かせ、風が谷間を吹き抜けて、虹色の花粉が幻想的に舞い上がるシーンを。

スキルが増えたことからして、間違いなく受粉しているはず。

普通なら、結実して完熟するまでに日数がかかるけど、新芽が出て花が咲くまであっという間だったから、すでに実が生っているかもしれない。

もし万が一、【食材栽培】スキルの影響を受けたアムリの実が、俺より先に見つけた誰かに採取され、【鑑定】スキルを持つ者の手に渡ったら――厄介なことになりそうだ。

「シヴァ、ラビ、キャティ、起きて。すぐに支度をして森へ行くよ」

「うわんっ！　もうあさごはん？」

シヴァ。そこは『もう朝？』じゃないの？

「おはよぅ、おにぃちゃん」

ラビは寝ぼけ眼を小さな手で擦って微笑んだ。

「うにゃ〜、うにゃうにゃ……」

ただでさえ寝起きが悪いキャティは、意味のない寝言を呟くばかり。

本音を言えば今すぐ森へ行きたいけど、子供にとって、三度の食事とおやつは大事だ。

まずご飯を食べなきゃね。

「朝ご飯は、キャティの好きなお魚のフライがあるよ。起きて一緒にご飯食べよう」

「んにゃ〜ん、おしゃかにゃにょ、フニャイ……」

いつも以上に呂律が回らないキャティを何とか起こして、亜空間厨房に移動した。

「俺はキャティの身支度を手伝うから、シヴァとラビもそっちで顔を洗ってね」

男の子たちは近くにある踏み台を移動させ、ダブルシンクの片方で、順番に顔を洗う。その隣で、俺はキャティの顔を洗ってから、自分も顔を洗った。

ケンカしないよう毎日ローテーションしている今日の席順は、俺の隣がキャティ。向かいがシヴァ。斜め向かいがラビだ。

俺は【召喚水サーバー】を呼び出して、タッチパネルで【天の真名井の御霊水】を選択し、温度と水量を指定して、作り置きの味噌玉を入れたお椀に注ぐ。

この召喚水は、鳥取県の鉱泉水。シリカを含んだ弱アルカリ性の軟水だ。

霊験あらたかな神界『高天原』の水で、運二倍効果と、神仏の守護が付与される。

《塞の神の守護》子孫繁栄。災厄・悪霊・死霊からの守護。強力な清めと祓い。

《毘沙門天の守護》攻撃力・防御力上昇。気配察知。危険察知。反射神経強化。

怨敵退散。商売繁盛。金運財運・勝負運・福運上昇。健康安全。

《秋葉三尺坊大権現の守護》火防守護。水難守護。商売繁盛。厄除開運。

たくさんご利益があって、ありがたいよね。

味噌玉には、夫婦和合の縁起物である『勝男武士』と『塩子生婦』、繁栄と幸福を招く若返りの『若布』、金運や仕事運を上げる『油揚げ』、苦労を労う『葱』が入っていて、丸い形も縁起がいい。

　夫婦和合の縁起物を雌雄合わせて使うと、その料理に使った縁起物の数だけ『運倍加』が重複付与されるんだ。

　熱々の味噌汁を配り、続いて無限収納庫から作り置きの惣菜を出し、一人分ずつお皿に盛りつけていく。

　白身魚のフライは、夏が旬の『出世魚』スズキを使っている。

　鶏のから揚げは、幸せや運気を『鶏』込む開運料理。

　出汁巻き玉子は、運二倍の召喚水を使った『勝男武士』と『子生婦』の合わせ出汁に、金運アップの『卵』を掛け合わせている。

　なんきんという別名を持つカボチャは、『ん』が多い『運盛り』の縁起物。それを合わせ出汁と調味料で甘く煮つけた。

　健康長寿の縁起物『椎茸』は、マヨネーズとチーズで焼いている。

　彩りの野菜をピックに刺したピンチョスは、金運アップの『枝豆』と、厄除け効果と勝利を引き寄せる効果がある運盛りの『人参』グラッセだ。

　おむすびも『良縁を結ぶ』『実を結ぶ』という縁起物で、一粒万倍の金運と子宝に恵まれる縁起物のお米と、穢れを祓い清めて福を呼び込む塩、縁起のいい具材を使うことで、運倍加が重複付与される。

炊飯(すいはん)に使った召喚水は、おむすびの種類によって違う。

「今日のおむすびは、以前お弁当に使った残りで、同じのがないんだ。玉子そぼろご飯・鶏そぼろご飯・鮭ほぐしご飯・混ぜ込みワカメご飯。鮭・たらこ・鮭マヨ・エビマヨ・肉味噌・アナゴの蒲焼(かばや)き・牛肉のしぐれ煮。じゃんけんで勝った人から、好きなのを選んでね」

「おしゃかにゃのおむしゅびは、キャティのにゃんよ！」

大好物がかかってるから、寝惚(ねぼ)けていたキャティもすっかり目が覚めたようだ。

「おれ、トリそぼろごはんと、ニクミソと、ギュウニクのしぐれに！」

「ぼく、たまごそぼろごはんと、たらこと、エビマヨ」

キャティは鮭ほぐしご飯、鮭マヨ、アナゴの蒲焼きを選んだから、じゃんけんをするまでもなかったね。

俺は残りの混ぜ込みワカメご飯おむすび・鮭おむすびと、選択肢から外しておいた大人用の辛子(からし)明太子おむすびだ。

「「「「いただきます」」」」

キャティは真っ先に白身魚のフライを口に運び、満面の笑みでほっぺを押さえる。

「おいしーにゃーん！」

シヴァはもちろん鶏のから揚げ。

「うわんっ！　おいしい！　おれ、このおにくだいすき！」

ふさふさの尻尾が暴れ回って、大はしゃぎしてるよ。

ラビはふんわりやわらかい出し巻き玉子と、とろっと甘いカボチャの煮つけと、バター風味の甘い人参グラッセが好きだよね。

「おいしー♪」

何か食べるたび、うっとり微笑むのがすっごく可愛い。

心配事で気が逸（はや）るけど、美味しそうに食べる子供たちを見ていると、心がほっこり温かくなる。

（異世界料理で運を爆上げしたから、そう焦らなくても、きっと何もかも上手くいくさ）

俺は異世界召喚に巻き込まれた自分を『運が悪い』と思ってるけど、チートスキルを授かったのは強運だし、俺が作る異世界料理の力を信じてる。

「食後のデザートは、イチゴミルクゼリーだよ」

「ピンクのジェリーにゃん！」

大好きな色のゼリーにイチゴを載せたデザートは、キャティのツボにハマったみたい。

バニラビーンズで香りづけしてるから、シヴァも鼻をヒクヒクさせながら笑顔で言う。

「うわんっ！　うれしいにおいがする！」

甘くて柔らかいものが好きなラビも、一口食べて、とろけるような笑みを浮かべた。

「ふわとろ～♪」

みんなで楽しく朝食を食べている間に、空がうっすら明るくなってきた。

冒険者の装備を着けて屋敷を出たのは、日の出前の薄明の頃。

日の出前後は、まだ夜行性の魔物がうろついているし、日の出とともに、昼行性の魔物が餌場へ移動し始める。

森の浅部に出没する魔物なら、魔法一発で苦もなく一掃できるけど——俺は小心者だから、絶対に油断しないよ。念のため結界魔法をかけて、自分と子供たちの護りは万全だ。

移動しながら索敵し、近くにいる魔物は討伐して、アイテムボックスに収納する。

触れる必要も、目視する必要もなく、『今狩った魔物を収納』と念じるだけで、ちゃんと収納できるから便利だよね。

薄明りの空は次第に明るさを増し、やがて朝日が昇り始めた。

食べてすぐ運動するのはよくないから、散歩するような足取りだったが、そろそろスピードを上げてもいいだろう。

「みんな、身体強化魔法を使って、早く走るよ。遅れないようついて来て」

「「はぁーい！」」

身体強化魔法が得意な獣人は、大人なら三メートル以上跳ぶ者がゴロゴロいて、アスリートも真っ青なスピードで走るらしい。

異世界料理でステータスを底上げしている子供たちは、すでに大人並みの身体能力を発揮できる。

でも、大人のように行動できるわけじゃない。

「あっ、あっちにトリがいる！」

「勝手にフラフラ寄り道しちゃダメだよ、シヴァ！」

「はーい」

良い子のお返事だけど、今の声は、ちょっと不服そうだね。

好奇心旺盛なシヴァは集中力散漫で、何か見つけるとすぐ立ち止まったり、どこかへ行ったりしてしまうから、俺は常に魔法で子供たちの居場所を確認してるんだ。迷子の心配はないけど、保護者として、いけないことはしっかり注意しないとね。

ちなみに、アムリの樹が生えている崖は、Ｆランクの狩り場とＥランクの狩り場の境界にある。

結構遠い道のりだけど、人間離れしたスピードで走れば、さほど時間はかからない。

目的地に到着し、俺は高く険しい崖の中腹を見上げた。

アムリの実は葉と同じ緑色で判りにくいけど、魔法で強化した眼にはハッキリ見える。

二本とも、昨日より大きい実が鈴生りになってるよ。

（予想以上の豊作だな。幸い近くに人はいないし。誰かが実を採取した形跡もないのが救いか。……まあ、普通に採取できない場所に生えてる幻の果実に気づくのは、【食材探索】スキル持ちの俺だけかもね）

アムリの実がどう変化したのか気になって、【食材鑑定】してみると、傷の回復に使った『ブレンド召喚水』の効果が付与されていた。ブレンドしたのはこの二つだ。


【カシャの泉 奇跡の水】採水地・フランス《鉱泉水》硬水。

ミネラルをバランスよく適度に含む中性水。

健康な人の体液のPh値に近く、飲用でも経皮吸収でも優れた効果を発揮する。

《泉の奇跡》
効果時間内の生命力・魔力・回復力・魔力回復力倍化。
超回復効果によるステータス値全回復。疲労・負傷・疾病全回復。
治癒力・免疫力・新陳代謝上昇。若返り・成長による身体能力向上。
病魔無効。状態異常無効。状態異常回復。美容効果。健康増進。

【後方羊蹄山の神の水】採水地・北海道《鉱泉水》弱アルカリ性・超軟水。
《国創りの神の加護》『梟の目』夜目遠目が利き、別の視点で俯瞰できる。危険察知。
　土・岩石操作魔法。攻撃力・防御力上昇。獲得経験値倍化。
《植物の女神の加護》植物性の毒無効。解毒。治癒。超回復。ステータス成長促進。
《火の媼神の加護》高温耐性。火炎耐性。火炎操作魔法。爆裂魔法。
《水の女神の加護》水耐性。溺水無効。水生成。水温・水流操作魔法。
《風の女神の加護》風圧耐性。俊敏性上昇。気温・気流操作魔法。電荷操作魔法。
《日の女神の加護》幻惑耐性と幻影看破。発光魔法。光学迷彩魔法。魅了魔法。
《月の女神の加護》暗視。恐怖耐性。暗示耐性。睡眠魔法。隷属魔法。影操作魔法。

付与魔法はすべて果実に吸収され、樹そのものは変質していない。今生っているアムリの実をすべて採取すれば、なかったことにできそうだ。

「シヴァ、ラビ、キャティ。俺がアムリの実を採取している間、この辺で昨日みたいに、魔法の練習をしててくれる？」

「「「うんっ！」」」

笑顔で頷いた子供たちは、少し離れた場所に生えている樹を目標にして、風魔法で枝を切る練習を始めた。

「「《ウインドカッター！》」」

　相変わらず、キャティの《風の刃》は刃というより突風で、シヴァは風の刃になっているけどノーコンだ。ラビが一番上手にできてる。

「さて。俺も頑張るぞ！」

　アムリの樹は険しい崖の中腹に生えていて、実を採取するには、魔法で枝ごと切り落とすしかない。

　今結実している枝に次回の実はつかないから、剪定がてら、遠慮なく切らせてもらうよ。

「《風の刃》〈収納〉《風の刃》〈収納〉」

　俺は黙々と風魔法と収納を繰り返す。

　どこに実があるかは【食材探索】スキルの、碧く激しく光る矢印が教えてくれる。

　一つとして見逃がさないよ！

　まっすぐ刃を飛ばすだけじゃ届かない場所もあるから、《風の刃》をカーブさせたり、ホバーさせて上から落としたり、下から切り上げたりして工夫した。

　うんざりするほど繰り返したから、《風の刃》のコントロールが上達した気がする。

「やった！　やっと終わった！」

　疲れたけど、やり切った感いっぱいでそう言った俺は、子供たちのほうを振り返った。

みんな楽しそうに魔法の練習をしている。

「《ウインドカッター！》《しょこでまがるにゃっ！》」

「《ウインドカッター！》《とまれ！》《おりろー！》」

「《ウインドカッター！》《とまって！》《うえにいって！》」

練習内容にビックリだ。コントロールはあまり正確じゃないけど、《風の刃（ウインドカッター）》がコマンド通りに動いてるよ。まだ三歳と五歳なのに、見様見真似で、ここまで高度な魔法操作ができるなんて！

（……そういえば、混ぜご飯おむすびは【後方羊蹄山（しりべしやま）の神の水（カムイワツカ）】で炊いてたな。『獣人族は放出系の魔法は使えない』と聞いていたのに……付与魔法の効果スゴすぎ！）

俺はぽかんと口を開けてフリーズしていた。

「あっ、おにぃちゃん！　おしごとおわった？」

「ぅわんっ！　おれ、おなかすいた！」

「キャティもにゃん！　おやつまだにゃん？」

「ああ、ごめんね。終わったから、おやつにしよう。みんな手を出して。《浄化消毒（クリーン）》」

俺はアイテムボックスから屋外用のテーブルセットを取り出し、子供たちを座らせる。

「今日のおやつはフルーツパフェだよ」

割れないトライタン製のパフェグラスを使って、ヴェリーヌみたいに、ヨーグルトゼリー・フランボワーズ（ラズベリー）ムース・角切りシフォンケーキ・バニラアイスとベリーソースの層を作り、飾り切りしたメロン・イチゴ・パイナップル・オレンジ・キウイ・ラズベリー・ブルーベリー・生クリームでデコってみた。

蛋白質（たんぱくしつ）分解酵素を含むメロン・キウイ・パイナップルは、しばらく生クリームに載せておいても苦（にが）くならないよう、粉ゼラチン・砂糖・召喚水を煮て冷ました『ナパージュ』でコーティングしてるよ。

「「わぁぁっ！」」

華やかなパフェを見た子供たちが笑顔で歓声を上げ、俺もつられて微笑んだ。

「アイスが溶けないうちに、召し上がれ」

「「いただきまーす！」」

まずは上に載ってるフルーツと生クリームを口に運んで。

「「おいしー！」」

みんなとろけそうな顔で笑った。尻尾も耳も動き回ってて、すっごく可愛い。

俺もフルーツパフェを食べながら、子供たちの反応を窺（うかが）う。

「うわんっ！　おれ、うれしいにおいのふわふわクリームも、つめたいクリームもだいすき！」

「キャティ、しろいクリームも、ピンクのとこもだいしゅきにゃんよ！」

「この、しかくいふわふわもおいしい♪　まえにもたべた？」

「よく判（わか）ったね、ラビ。護身格闘術のレッスンで、『攻撃の躱（かわ）し方と反撃の仕方』を習った日に食べた、『卵たっぷりのシフォンケーキ』を四角くカットしたものだよ」

「イチゴと、しろいクリームがついたケーキにゃん！」

「ドミニクせんせー、『なんだこのカシ！　ドラヤキよりふわふわじゃねぇか！』ってビックリしてた！」

「そうだね」

　還暦（アラカン）前後のドミニク先生は、冒険者を引退して、冒険者ギルドで『護身格闘術』のレッスンを担当し、後進育成に携（たずさわ）っている。かつては有名なAランク冒険者パーティーの盾役だったそうで、見るからに『武人（ぶじん）』って感じの、まったく老いを感じさせない強面の長身マッチョだ。

　でも、見かけに似合わず甘いお菓子が大好きで、レッスン後、俺たちが第二訓練棟の休憩所でおやつタイムを楽しんでいると、狙ったように通りかかるんだ。

　期待した顔で「今日もまた、美味そうなもん食べてるな」とか言われたら、「先生も、よかったらどうぞ」ってなるよね？

　お屋敷の管理人に推薦されたのは、『俺が作ったお菓子が気に入った』っていうのも理由の一つじゃないかな？

（お世話になったドミニク先生に、差し入れを持ってお礼に行かなきゃ）

実は昨夜のうちに、お礼用の焼き菓子と、アドバイスが欲しいお菓子の試食を兼ねた、差し入れを用意しておいたんだ。

「さて。おやつも食べ終わったし。のんびり採取しながら帰るか」

俺は後片付けして、【食材探索】スキルを発動した。

（通りすがりに狩ったFランクの魔物だけじゃ、大した稼ぎにならないし。何かお金になりそうなレア薬草とかないかな？）

周囲を見回すと、大きな碧い矢印が、木立を示して強く光っている。

近づくと矢印も前進するから、向こうに薬効が高い食材があるってことだ。

「みんな、俺についてきてね」

俺は子供たちを引き連れて、木立の中へ分け入っていく。

この辺りはヨーロッパブナのような樹が多いけど、碧い光の矢印は、一本だけ辺りの樹々と違う葉形の樹に向いている。

その樹を【食材鑑定】してみると、『アイドロップメープル』という、眼病や視力回復に特化した激レア薬木（やくぼく）だった。

薬効が高いのは、枝の先端についている若い葉だ。これを配合した特級ポーションは、失明した人でも視力が回復するらしい。

さらに、万能回復薬やエリクサーの原料となる『エルディナ草』も配合すると、欠損した眼球を再生できるぅぅぅー!?

「すごいもの見つけちゃったよ!」

幸い俺は、エルディナ草の群生地を知っている。冒険者として初仕事の日に、それを見つけて採取したからね。

(二種類セットで冒険者ギルドに持っていけば、きっと高く売れるはず!)

地面に向かって、明るい緑色に光る小さい矢印もたくさん出ているから、それも鑑定してみた。

「ここはレバム草の群生地でもあるみたいだな」

半日陰や日陰を好むレバム草は、上級回復ポーションの原料だ。

俺がアイドロップメープルの葉を採取している間、チビっ子たちには薬草採取をしてもらおう。

「みんな、この薬草を採取して。こうやって、下の葉を五枚くらい残して摘むんだよ」

「「「はぁい!」」」

シヴァには緑、ラビには青、キャティにはピンクのリボンを付けた背負籠を渡すと、子供たちはせっせと薬草摘みを始めた。

しばらくそこで採取してから、エルディナ草の群生地がある渓谷へ向かう。

エルディナ草の群生地は、道なき道を進んだ先の渓谷にある崖の中腹。

八日前にそこへ行くため、道中の藪(やぶ)を魔法で刈り取り、踏み分け道を作ったけど——また草木がわさわさ生えて道を覆(おお)っていた。

俺の【食材栽培】スキルほど異常なスピードじゃないけど、成長早すぎじゃない？

この辺りは、超激レア薬草が繁殖するほど大気中に魔素が多く、大地の魔力が高い場所だからかな？

エルディナ草も、先日刈り取った場所に、もう次の芽が出て、刈り取った痕跡(こんせき)が目立たないくらい成長している。

渓流沿いには、八日前にはなかった、明るい緑に光る小さい矢印がたくさん出ていた。

「クラリナの花の種——高熱が続く流行(はや)り病に効く治癒ポーションの原料か。今ちょうど収穫時期だな。みんなで茶色く乾いた実を、こんなふうに茎のところから摘み取って、この紙袋に入れていってくれる？　次から花が咲かなくなると困るから、同じところばかり採らないように気をつけて。全体の半分くらいは残しておいてね」

「「はぁい！」」

子供たちがクラリナの花の種を採取している間に、俺は風魔法でエルディナ草をまとめて刈り取り、アイテムボックスに収納していく。

黙々と採取していると、しばらくして子供たちが騒ぎ始めた。

「うわん！　おにーちゃん、おなかすいた！」

「キャティもにゃん！」

「ぼくも」

「じゃあ、お昼ご飯にしようか」

俺は景色のいい場所にテーブルセットを設置し、四人分の料理を詰めた重箱弁当を広げる。

本当は一人分ずつ弁当箱に詰める予定だったけど、つい調子に乗って、変化をつけていろんな種類を作り過ぎ、分けるに分けられなかったんだ。

「今日のお弁当は、手毬寿司（てまりずし）だよ」

海鮮や調理した魚介・スモークサーモン・ローストビーフ・生ハム・薄焼き玉子や金糸玉子・ゆで玉子・飾り切りした野菜などを使って、可愛らしく盛り付けた一口サイズの手毬寿司。

「うわんっ！　おいしそう！」

「きれーにゃん！」

「おかしみたい♪」

「豆腐ともやしとレタスとワカメの胡麻ドレサラダと、ニラと肉団子の春雨スープもあるよ」

お腹を空かせた子供たちは、早速「「「いただきます」」」と手を合わせ、手毬寿司に手を伸ばす。

「ぅわんっ！　にくーっ！」

シヴァは寿司飯をローストビーフで包んで、ウニと葱を載せた手毬寿司。

「おいししょーにゃん！」

キャティは大好物のサーモンといくらと大葉を使った、親子手毬寿司。

「おはなみたい♪」

ラビはマグロとゆで玉子の黄身を使った、椿の形の手毬寿司。

続いてイカを使った白椿の手毬寿司に手を伸ばす。お花、好きだもんね。

シヴァはクリームチーズを載せたローストビーフ手毬寿司、玉ねぎのマリネとローストビーフの手毬寿司、マヨネーズ入りの生ハム手毬寿司を食べている。

「シヴァ。お肉の手毬寿司ばっかり食べちゃダメだよ。朝も肉おむすびばっかりだったのに……」

「いいにゃん。キャティがシバのぶんも、おしゃかにゃたべるにゃん」

「キャティもお魚ばっかりじゃない。まぁ……お寿司はそもそも、寿司飯と海の生き物を使う料理だけど」

ラビは椿の手毬寿司に続いて、野菜スライスを花に見立て、花の中心に魚卵を載せた、可愛らしい手毬寿司ばかり食べている。お花、好きだもんね。

キャティもお花は好きだけど、花より魚が好きなんだ。

「スープとサラダも食べてね」

「「うんっ！」」

子供たちは色鮮やかで見栄えのいい手毬寿司に夢中だったけど、注意したら、スープとサラダも食べ始めた。

「にくだんごのスープもおいしい！」

「キャティ、このチュルチュルしゅきにゃ！」

「おとうふのサラダ、おいしい！」

「デザートは、粒餡タルトだよ」

こんなに嬉しそうに食べてくれると、作り甲斐があるねぇ。

カスタードクリームを詰めた一口サイズのタルトに、粒餡とカットイチゴを載せた和風洋菓子だ。

「うわんっ！　おいしそう！」

「にゃん！」

「うん♪」

シヴァは大きなお口でパクッと口に入れたけど、キャティとラビはちびちび齧って(かじ)る。

「くーん。もうなくなった……」

羨ま(うらや)しげに見られたキャティは、食べかけのタルトを隠すようにそっぽを向き、ラビも気まずそうに目を逸らす。

「ごちそうさま♪」

「もう、おにゃかいっぱいにゃん」

「おべんとう、ぜんぶ、おいしかった！」

今日はいつもより早起きしたから、お腹が膨(ふく)れて眠くなったんだろう。みんな大きな欠伸(あくび)をしたり、目を擦ったりしている。

俺は急いでテーブルセットを片付け、子供たちに言う。

「今日はあそこの木陰でお昼寝するよ」

いい感じの木陰に結界を張って横になると、子供たちも俺にくっついて横になり、あっという間に夢の中へ旅立っていく。

可愛い寝顔を眺めながら、俺はふと思う。

（自然の中でお昼寝するのもいいけど、外で使える簡易ベッドか寝袋が欲しいな……）

魔物がいる世界だからか、カナーン村で探したとき、寝袋は売ってなかった。

でもエアークッションの携帯ベッドや、折り畳みベッドならあるかもしれない。

(明日にでも、ボナール商会へ行って聞いてみよう)

こだわりのベッドを扱っている大商会には、何かいいものがあるんじゃないかな?


少し長めの昼寝をしたあと、俺たちはまっすぐ冒険者ギルドへ向かった。

窓口には顔馴染みの受付嬢、パメラさんがいる。

「すみません。今日はレア薬草を採取してきたんですが」

「では、こちらへどうぞ」

パメラさんはそう言って席を立つ。常時依頼の薬草は窓口で売買できるけど、レア素材や大量納品のときは、個室へ案内されるんだ。

いつもの個室で子供たちと一緒に待っていると、高度な鑑定スキルを持つ査定専門スタッフが現れた。

「ニーノ様。いつもお世話になっております。本日も、レア薬草を採取されたと聞いて参りました」

「はい。今日採ってきたのは、アイドロップメープルの葉、エルディナ草、レバム草、クラリナの花の種です」

「アイドロップメープルの葉と、エルディィナ草ですか!?　早速、拝見させてください！」

アイテムボックスから薬草を入れた籠を取り出し、現物を机の上に並べると、査定スタッフが真剣な顔で鑑定する。

「これは……！　間違いなく、アイドロップメープルの葉です！　しかも、特に薬効の高い部位で、状態もすごくいい。この葉とエルディィナ草があれば、眼病や目の怪我に特化した、最高の特級ポーションが作れます！」

興奮した様子でそう告げた査定スタッフが、ハッと我に返り、しんみりした苦い顔で内情を漏らす。

「……大声を出してすみません。実は数年前、さる高貴な方から『アイドロップメープルの葉』の採取依頼を受け、失敗続きで塩漬けになっていたのです。手に入らぬものと諦められたようですが、ご連絡を差し上げれば、きっと喜んでくださるでしょう。他にも、視力回復を願っている方はたくさんいらっしゃるので、本当に助かります」

アイドロップメープルの葉は、五キロ強で大金貨十二枚（千二百万円）ちょっと。

エルディィナ草は、約七・二五キロで大金貨二十一枚・金貨七枚・小金貨五枚（二千百七十五万円）くらいで売れた。

子供たちが採取したレバム草は、一本小銀貨四枚（四百円）前後。一キロあたり金貨二枚（二十万円）。

クラリナの花の種は、百グラムあたり小金貨一枚（一万円）だ。

通りすがりに狩った魔物も換金（かんきん）し、報酬はそれぞれのギルドカードに入金してもらった。

「あと、魔道具用の魔石がたくさん欲しいんですが……」

照明に使う光の魔石、空調や消音・換気に使う風の魔石。キッチンや水回りで使う火の魔石・水の魔石、氷の魔石など、必要な種類も数もかなり多い。

大型魔道具にはDランク以上の魔石が必要だから、Gランクの子供連れでFランクの狩り場をうろついている俺は、自力で採りに行けないんだ。

でも冒険者は、冒険者ギルドで扱う魔石を割引価格で買える。

在庫がなければ、依頼料を上乗せして発注しなきゃいけないけど、それでも商業ギルドや魔道具店で買うより安上がりなんだって。

これは家の賃貸契約をしたとき、俺を担当してくれた商業ギルドのマルセルさんが、こっそり教えてくれた。

幸い、すぐに必要な魔石はほぼそろったから、あとはゆっくり買い足せばいい。

商談を終えて個室を出た途端、すっかり退屈していた子供たちが、待ちくたびれた顔で言う。

「うわんっ！　つかれたー！　のどかわいたー！」

「キャティ、おやつしたいにゃん」

「ぼくも」

「じゃあ、おやつ休憩しようか。その前に、受付に寄らせてね」

俺は再び、子供たちを連れて受付窓口へ向かった。

「すみません。ちょっとお尋ねしたいんですが……ドミニク先生いらっしゃいますか？」

「申し訳ありません。本日、ドミニクは休みを取っております。よろしければ、私がご用件を承りますが……」

「あ、いえ。大した用事じゃないんです」

お礼の焼き菓子を渡して、お菓子の試食を頼みたかっただけだ。

「ところで、第二訓練棟の休憩所って、レッスンを受けない日でも利用できますか？」

「はい。訓練場やシャワールーム、ロッカーなどの使用は有料ですが、ロビーでしたら、いつでも無料でご利用いただけます」

「じゃあ、今日も利用させてもらいます。ありがとうございました」

もしダメなら本館ロビーの休憩所を使おうと思ってたけど、待ち合わせスポットになってる入口付近の休憩所より、庭に面したくつろげる雰囲気の休憩所でまったりしたい。

天気がいい夏の昼間は、ほとんどの冒険者が仕事に出てるか、朝帰ってきてまだ寝てるから、訓練棟は本館以上にひとけが少ない穴場なんだ。

俺たちは、のんびりおやつを食べてお屋敷へ帰った。

昨日引っ越してきたお屋敷には、南東に位置する正門、北西に位置する裏門、歩行者専用の南門、厩舎（きゅうしゃ）があるミニ放牧場に直接出入りできる東門がある。

南門から邸内へ入ると、ベージュ系のきれいな敷石が埋め込まれたアプローチの先に、ユリの花壇に囲まれた噴水池の広場があるんだ。

噴水池を浄化魔法で掃除し、水の魔石を取り付けると、再び噴水が動き出す。

「「「わあっ！」」」

歓声を上げた子供たちが、嬉しそうに尻尾や耳を動かしながらはしゃぐ。

「うわんっ！　みずがでた！」

「しゅごいにゃん！」

「きれーぃ♪　いろんないろがみえる♪」

「それは虹っていうんだよ。太陽の反対側にできやすいから、今は藤（ふじ）のパーゴラがある東側に出てるけど、朝は紫陽花（あじさい）の小道がある西側に出るんだ」

「「「へぇー」」」

「噴水用の照明魔道具に光の魔石を取り付けたから、暗くなったら噴水に光が当たるよ。楽しみだね」

「「うんっ！」」

馬車道やアプローチの照明、柑橘類（オランジェリー）の温室・畑・庭園の水場にも魔石を取り付けた。

「水やりしなきゃ枯れるから、スプリンクラーは魔石が入ってるんだね。確か灰色に濁（にご）ると替え時だったな。そろそろ魔力が尽きそうだから、ついでにこれも交換して、亜空間厨房に持ち込んでみるか。スマホが一瞬でフル充電されるから、魔石もいけるかも」

最後に本館の玄関灯に魔石を取り付け、鍵を開けて中へ入り、使用人部屋を除く一階・二階の要所にも魔石を取り付けていく。

広いお屋敷だから、結構時間がかかったけど、ようやく普通に暮らせるようになったよ。

「せっかくだから、今夜は一階のグレートルームで鉄板焼きしよう」

一階グレートルームのオープンキッチンには、亜空間厨房にはない鉄板焼きカウンターがあるんだ。ぜひ使ってみたい。

鉄板焼きカウンターは火の魔石を使う魔道具で、『切』から『強火』まで細かく温度調節できるダイヤルがついていた。

真上には、風の魔石を使う大きなレンジフードの魔道具がある。これは鉄板を加熱すると、自動的にスイッチが入る仕様だ。手動操作もできるらしい。

「お腹空いたね。今焼くから、カウンター席に座って待ってて。鉄板は熱いから、絶対身を乗り出したり、触ったりしちゃだめだよ」

「「はぁい」」

まずは野菜や茸と一緒に、キャティが好きな魚を塩焼きにしよう。

「「いいにおい～」」

カウンター席に座って見ている子供たちが、深呼吸しながら呟いた。

「しゅっごく、おいししょーにゃん」

「美味しいよ。これは喉が黒いから『のどぐろ』って呼ばれているお魚で、『白身のトロ』と呼ばれるくらい脂が乗ってるんだ。いつ食べても美味しいけど、卵を産む前の、夏から秋の初め頃と、秋の終わりから冬にかけてが、特に美味しい季節だよ」

ちなみに正式名称は『アカムツ』だけど、俗称のほうが有名な高級魚だ。

「おいしいおしゃかにゃ……」

キャティの目がギラギラしてる。これは獲物を狙ってる目だな。

「そろそろいい具合に焼けたけど、三人で先に食べる？」

「おれ、おにーちゃんといっしょがいい！」

「……キャティも、いっしょがいいにゃん」

「ぼくも。おりょうり、おわるのまってる」

みんなすっごく待ち遠しそうに見てるのに、健気で可愛い。

「じゃあ、アイテムボックスに仕舞っておくね」

鉄板は調理用と保温ゾーンに分かれてるけど、目の前でお預けなんて目の毒だし。長時間保温するより、時間を止めるほうが美味しさを保てるからね。

鉄板を綺麗にしたら、お次は伊勢海老の鉄板焼き。

「うわんっ！　エビだぁ！」

「キャティ、エビもだいしゅきにゃん！」

「ぼくも♪」

「おれもだいすき！　すっごくおっきい！　これ、エビのまもの？」

「魔物じゃなくて、『伊勢海老』っていう、大きい種類のエビだよ」

伊勢海老の旬は十一月から三月で、初夏から秋口は禁漁期間だけど、最も早く旬を迎える千葉県は、八月から漁が開始されるんだ。縁起物の初物だから、ますます縁起がいい。

活伊勢海老を縦割りに捌いて鉄板に載せると、子供たちが驚きの声を上げる。

「うわんっ！　うごいた！」

「いきてるにゃん！」

「かわいそう……」

「生きてるように見えるだけで、もう死んでるよ。死んでもしばらくの間は動くんだ」

「「「へぇー」」」

ドーム型のステーキカバーをかけて蒸し焼きにして、カービングナイフとフォークで身だけを取り出す。

これをバターと調味料で焼いて切り分け、アイテムボックスに収納する。

お次は鮑のステーキだ。

「うわんっ！　これはなに？」

「鮑っていう貝だよ、シヴァ」

塩水に浸かってるから、胡椒だけかけて蒸し焼きにして、その間に鉄板の上でバター醤油ソースを作り、いい具合に鮑が焼けたら、殻から外して捌いていく。

食べられない部分や肝を外して切り分けた身は、大葉を載せた殻に盛り付け、ソースをかける。

「おにぃちゃん。それ、なぁに？」

「ん？　これは鮑の肝だよ、ラビ。子供はまだ食べられないし、独特の癖や苦みがあって苦手な人も多いけど、俺は嫌いじゃないから、バター焼きにして食べようと思って」

鮑の調理が終ったら、再び鉄板を綺麗にして、お肉を焼く。

「うわん！　おいしそう！」

「うん。これは『神戸ビーフ』っていう、すっごく美味しいお肉だよ」

神戸ビーフは但馬牛の中でも、未経産牛か去勢牛の、厳選された牛肉だけに与えられる名誉称号。産地の名前じゃないんだ。

シヴァは扇風機みたいに激しく尻尾を振り回しながら、うっとり匂いを嗅いでいる。

「くーん、くーん」

（目の前で切なげに鼻をヒクヒクされたら、やりにくいなぁ……）

肉が焼けたら、食べやすい大きさに切って、予め二種類の味つけをしておいた。

お好みで塩やたれをつけて食べてもいいけど、幼児任せにするのは心配だからね。

デザートは、シナモンパウダーとグラニュー糖を振りかけた焼きパイナップルだ。

「よし、できた。横並びのカウンターで食べるより、みんなの顔を見ながら食べるほうが美味しいから、テーブルセットを出して移動するよ」

「「「はぁい！」」」

子供たちは嬉しそうに、カウンター席から降りた。

俺はいったん料理を仕舞い、アイテムボックスからテーブルと椅子を取り出してセッティングする。

並べた料理は、鉄板焼き、作り置きの炊き立てごはん、味噌玉を溶いた味噌汁、香の物。

四人でテーブルを囲んで手を合わせ、料理を食べ始める。

「うわんっ！　おにく、おいしい！」

「おしゃかにゃも、しゅっごくおいしーにゃん！」

「イセエビも、アワビも、おにくも、おさかなも、やさいも、ぜんぶおいしいよ♪」

食後にデザートの焼きパイナップルを食べ、後片付けしていると、日が沈み始めた。

「そろそろ噴水がライトアップされるね。食後の散歩がてら見に行こうか」

「「「うんっ！」」」

俺たちは玄関灯を点（つ）けて庭へ出て、黄昏色（たそがれいろ）の空の下、ゆっくり噴水広場へ向かう。

完全に日が沈み、辺りが暗くなってきた頃、噴水がカラーライトアップされた。

「「「わぁっ！」」」

（日本でも、こんな夜景スポットがあったなぁ……）

共働きで忙しい両親に代わって、五歳年下の弟広弥（ひろや）と、八歳下の妹綾夏（あやか）を、花火大会や盆踊りといった夏の夜のイベントや、イルミネーションスポットに連れて行ったものだ。

懐かしくてしんみりしたけど、子供たちが大喜びではしゃいでるから、すぐに感傷なんて吹き飛んで、心の底から笑っていた。

「さて。そろそろお家へ戻って、お風呂に入ろうか」

「「「うんっ！」」」

これからは、いちいち亜空間厨房に結界を張って、アイテムボックスから置き型バスタブを出し入れしなくても風呂に入れる。

魔道具のバスタブが設置された浴室があるなんて、最高だね！

2. 爆買いします！

今日は仕事を休んで、家具を買いに行く予定だ。

朝ゆっくりできるから、目覚ましバイブの設定を一時間遅らせたけど、結局いつもの時間に目が覚めて、運アップ効果の高い朝食を作った。

「よしっ。完成！」

「うわんっ！　じゃあ、ラビとキャティをおこすね！」

嬉しそうな声が聞こえて振り返ると、入口で万歳しながらぴょんと跳ねて身を翻すシヴァが見えた。

「ラビ！　キャティ！　ごはんだよ！　おきて！」

今日は森へ行かないから、まだ起こさなくていいよ——とは言いづらい。弾(はず)んだ声と動作と尻尾の動きで、ワクワクしながら匂いを嗅ぎつつ、朝食ができるのを楽しみに待っていたのが解るから。

（まあ……早起きすれば、出かける前に庭の作物を収穫できるし。午後にしっかりお昼寝

すればいいか）

　全員が席に着いたところで、俺は料理を指し示しながらメニューを告げる。

「今日の朝ご飯は、トマトとしらすの卵とじ丼。豚バラともやしとニラの味噌汁。ほうれん草の鰹ふりかけ塩昆布和え。牛肉と豆腐のとろみ煮。キスの塩焼き。ナスの糠漬けだよ。いただきます」

「「いただきます！」」

　シヴァは凄い勢いで尻尾を振りながら、真っ先にとろみ煮の牛肉を、スプーンですくって食べた。

「わぉーんっ！　おにく、おいしい！　みそしるのおにくもおいしい！」

　キャティはキラーンと目を光らせて、キスの塩焼きにフォークを突き刺す。

　一瞬フォークが銛に見えたのは俺だけかな？

「きょーのおしゃかにゃも、しゅっごくおいしーにゃーん！」

「トマトとシラスのタマゴとじどん、チーズもはいってて、ふわとろ～♪」

「えっ!?　おれ、チーズもだいすき！」

「キャティもにゃんよ！　チージュも、ちっちゃいおしゃかにゃも、ふわとろのタマゴもだいしゅきにゃん！」

　みんな大喜びで食べてくれて、俺も大満足だ。

「デザートは、ミルク寒天（かんてん）。小さく切ったフルーツがたっぷり入ってるよ」

「「「おいしー！」」」

嬉しそうにデザートを頬張る子供たちが微笑ましくて、つい口元が緩んでしまう。

「食後の片付けが終ったら、庭の果樹と畑の収穫に行くよ」

実は昨日、庭やオランジェリーの水場に魔石を取り付けて回ったとき、食べごろの果樹や果菜が実っているのをスキルで確認してたんだ。


お屋敷の庭は、いろんな果樹が植えられている。

南門の正面にある噴水広場の東側には、小高木のマルベリーやヘーゼルナッツ。

南門の西側から南側一帯は、マナベリーや房（ふさ）スグリを含む低木のベリー類。

南西角地から北西門までは、塀の手前にプラム、チェリー、リンゴ、桃系果実、アプリコット、マルメロ、洋梨などが、樹高が高くなりにくい樹形で管理されている。

敷地の南西にある畑の東側には、生垣（いけがき）仕立てのブドウもあるよ。

「今が食べ頃なのは、ベリー類と、晩生種のチェリーと早生種のレッドプラムだね。東側のマルベリーから収穫しよう。赤い実は美味しそうに見えるけど、まだ熟してないんだ。こんなふうに黒くなったら食べ頃だよ。俺は上のほうの実を摘むから、みんなは下のほうの実を摘んでね」

「「「はぁい！」」」

籠と踏み台を配ると、採取に慣れた子供たちは競うように収穫し始める。

「今日はこんなもんかな。次は低木のベリー類を収穫するよ」

俺は子供たちを連れて、南門の西側へ移動した。

「こっちのラズベリーは、こういう暗い赤になると食べ頃。黄色や紫や黒の実が生る品種もあるよ。茎に棘がある木が多いから気をつけてね。ブルーベリーは、お尻まで黒っぽい紫になったら食べ頃。房スグリは、房全体が色づいたら収穫できるよ」

説明しながらお手本を見せると、みんなすぐに要領を覚え、上手に摘んでいく。

「俺はあっちの高い樹の果物を収穫するから、みんなはこの辺りで、熟れたベリーや房スグリを探して摘んでね」

「「「はーい！」」」

小高木エリアへ移動した俺は、熟れたプラムをもぎってはアイテムボックスに収納し、熟れたチェリーの果柄(かへい)をハサミで切っては収納していく。

「今日のところはこんなもんかな」

子供たちのところへ戻ると、ベリー類が籠に山盛りになっていた。

それもアイテムボックスに収納して、みんなで畑へ移動する。

果樹とオランジェリーに囲まれた広い畑は、野菜を植えているというより、かつて植えてあった野菜が勝手に繁殖している感じだ。

「おおっ、とうもろこし！　こっちはさやいんげんとグリンピースだ！　完熟したシャラメロやズッキーニもあるぞ！　来月にはカボチャも収穫できるね！」

ちなみにとうもろこしは夜の間に甘くなるから、果実や果菜同様、早朝に収穫するほうが美味しいんだ。

「俺はとうもろこしを収穫するから、みんなはさやいんげんとグリンピースをお願い。こんなふうに膨らんでるのを摘み取ってね。さやがしわしわになってるのや、黄色くなってきてるのは、完熟したのを豆として収穫するから、そのまま残しておいて」

「「「はーいっ！」」」

子供たちに実野菜の収穫をレクチャーしたあと、俺は場所を移動し、とうもろこしをもぎってはアイテムボックスに収納していく。

この畑には、葱、玉ねぎ、ニラ、ほうれん草、レタス、キャベツ、白菜、収穫時期を過ぎたアスパラガスなどの葉茎菜類や、大根、人参、蕪（かぶ）などの根菜も繁殖している。

葉茎菜類や根菜類は、瑞々（みずみず）しさを重視するなら朝がいいけど、昼間に光合成で甘味が増して、えぐみや苦みが減っていくから、夕方収穫するほうが美味しいんだ。

この世界の根菜は葉野菜として栽培され、根っ子は家畜の餌にされているみたい。

根っこが一番美味しいのに――謎過ぎるよ。

とうもろこしに続いてズッキーニを収穫し、子供たちを連れて、薬木や薬草・香草が植えてあるハーブ畑へ移動した。

「結構いろんなハーブがあるね。あっ、これワイルドストロベリーだ」

実の収穫時期は終ってるけど、秋にまた実をつけるし。ハーブティーにできる葉は、春から秋まで収穫できる。

俺は子供たちとハーブを摘み、ハーブ畑の西側にあるオランジェリーのドアを開けた。

オランジェリーっていうのは、柑橘（かんきつ）類などの果樹を栽培するための温室だ。

ほとんどの柑橘は秋から春までが収穫時期だけど、今は『オランジェール』っていう、バレンシアオレンジっぽい柑橘が実ってる。

「わふぅ～んっ！　いいにおい～！」

シヴァが鼻をヒクヒクさせながら、尻尾をフリフリ。

キャティとラビも、嬉しそうに爽やかな甘酸っぱい匂いを嗅いでいる。

犬や猫はオレンジの香りが嫌いらしいけど、獣人の子は、オレンジ好きなんだよね。

「オランジェールは、オレンジ色になったら食べ頃だよ。こうやって、鋏（はさみ）を使って収穫するんだ。ちょっと味見してみる？」

「「「うんっ！」」」

俺は魔法で手を洗って乾燥・浄化し、収穫したオランジェールの皮を剥（む）いて、子供たちに一房ずつ食べさせた。

「ぅわんっ！　おいしー！」

「しゅっぱあまいにゃん！」

「オレンジジュースのあじに、にてる♪」

「うん。屋台のお手伝いをした日に、朝ご飯に出したマンダリンオレンジジュースは、オランジェールと同じ『柑橘』っていう種類の果物の汁だよ。マンダリンほど濃厚な甘さはないけど、オランジェールもジューシーで美味しいね」

一個を四人で食べてから、全員が鋏を手にして、熟れた果実を収穫していく。

「熟した実はこのくらいかな。こっちの夏野菜も収穫しなきゃ」

オランジェリーの一角には、色とりどりのパプリカ、ピーマン、トマトやミニトマト、ナス、ブロッコリー、カリフラワーなどの多年草も植えられていて、こぼれ種で繁殖したっぽいキュウリ、セロリなどの一年草も生えている。

「柿や無花果（いちじく）、柘榴（ざくろ）、アーモンドも植えてあるし。オリーブと月桂樹（ローレル）の鉢植えもあるよ。こっちは耐寒性の低いハーブの鉢植えだ」

生食できない実が生る樹や、繁殖力が強いハーブは鉢植えにしたんだね。

ちなみに年二回収穫できる無花果の夏果（かか）は『収穫月（メスイドール）』に、秋果（しゅうか）は『実りの月（フリュクティドール）』に実る。

アーモンドは、少し早めに収穫しても、俺のスキルで処理すればすぐ使えそう。

秋には柿や柘榴、オリーブの実、月桂樹（ローレル）の実も収穫できるよ。

柘榴の種子や、オリーブ・月桂樹（ローレル）の実からはオイルが採れるし。ピクルスやソース、果実酢などに加工でき、乾燥した実や葉を料理のスパイスや健康茶として使えるんだ。

俺の【食材鑑定】によると、オランジェリーの植物は、すべてリファレス王国南部から苗木を移植したみたいだね。


庭の作物を収穫したら、いい具合に時間を潰せた。

俺は子供たちを連れてルジェール村へ向かう。

まずは冒険者ギルドへ寄って、ドミニク先生のアポ取りだ。

早朝の受付窓口は混雑してるけど、この時間帯は、みんなもう仕事に行っているか、宿に帰って寝てるんだろう。

冒険者ギルドの受付は空いていたので、俺は顔なじみの受付嬢——パメラさんのところへ行って話しかける。

「すみません。ドミニク先生はいらっしゃいますか?」

「はい。本日は出勤しております」

「では、ご都合のいい時間帯に、お会いしたいのですが……」

取次ぎを頼むと、パメラさんが席を外し、しばらくしてドミニク先生が窓口に現れた。

「おう。どうした、ニーノ。何かあったのか？」

「先日のお礼と、相談事があって伺いました」

「じゃあ、話を聞こう。今からでもいいぞ」

タイミングが良かったみたいで、俺たちはパーティー向けのミーティングルームへ案内された。

小ぢんまりした室内には、六人掛けの会議テーブルセットがある。

ドミニク先生が中へ入ってドア側中央の席に座り、俺たちにも座るよう促す。

「休憩所より高めのテーブルセットなので、子供たちには手持ちのキッズチェアを出してもいいですか？」

「構わんが……お前、子供用の椅子を持ち歩いてるのか？」

「ええ。ダイニングセットやキッズチェアは、店が開けるくらいアイテムボックスに入ってます」

俺はドミニク先生の向かいの椅子を残して二脚を端へ寄せ、空いた場所と下座（しもざ）のお誕生日席にキッズチェアを並べていく。

子供たちは今日の席順に従って、俺の右側にシヴァが座り、ラビが反対隣をキャティに譲って、自分は下座のお誕生日席に座った。

「今日は朝のおやつがまだなので、ここで一緒に食べながら話しても大丈夫ですか？」

「ああ。問題ない」

「じゃあ、用意しますね。飲み物は、冷たいミルク、紅茶、コーヒー、何にします？」

「紅茶は高価な輸入品だろ？」

「俺の故郷じゃ、庶民が気軽に飲めるものから、高級茶葉までピンキリですよ」

「コーヒーってのはなんだ？」

「いろんな効果がある薬膳茶的な、ほろ苦くて美味しい飲み物です」

「薬膳茶なんていかにもマズそうな響きだが、ホントに美味いのかァ～？　でも恐いもの見たさで興味があるからソレにするぜ」

「じゃあ俺も、今日はコーヒーにしよう。子供はまだコーヒーを飲んじゃダメだから、みんな冷たいミルクでいい？」

「「うんっ！」」

俺は全員の手とテーブルに浄化魔法をかけ、子供たちにミルク入りの紙コップを配り、俺とドミニク先生には、ホルダー付きの紙コップに熱いコーヒーを注ぎ分ける。

「なんか……インクみたいにどす黒くてマズそうだが、いい香りだな」

「和菓子にも洋菓子にも合う銘柄の、ミディアムロースト・コーヒーです。ストレートがお勧めですが、苦味がダメなら、ミルクや砂糖を入れるとまろやかになりますよ」

　最後に、今日のおやつを取り出して配っていく。

「以前お裾分けしたどら焼きとシュークリームは、どちらも生クリーム入りでしたが、今回は入ってません。屋台で売ることを考えて、手に入れやすい食材で試作しました。まずどら焼きから食べてみてください。小豆餡（あずきあん）、蜂蜜（はちみつ）バターの二種類です」

「前のは丸い形だったが、これは半月型だな。半分に切ってるのか？」

「はい。俺には食材や料理をカットするスキルがあるので、試食用はハーフサイズにカットして、中が見える状態でオープンパックに入れたんです。食べてみてください」

「「いただきまーす！」」

　お腹を空かせた子供たちが、『待ってました』と言わんばかりにどら焼きに手を伸ばし、嬉しそうにかぶりつく。

「「おいしー！」」

　ドミニク先生も、まずは小豆餡入りを手に取って観察し、皮だけ齧って味見する。

「皮が前のと微妙に違うな。前の皮はふわっとしてたが、今日のはもちっとしてる」

「ええ。通常どら焼きの皮は、卵、砂糖、蜂蜜、味醂（みりん）、重曹（じゅうそう）、水、薄力粉、植物油（サラダ）で作ります。『薄力粉』は、軟質小麦から表皮と胚芽（はいが）を取り除き、胚乳（はいにゅう）だけを製粉した小麦粉です。この国の朝市では見つからず、硬質小麦を俺のスキルで製粉した『強力粉』で代用しています。重曹は塩水から自作しましたが、高価な砂糖はキラービーの蜂蜜で、味醂は白ワインに蜂蜜を混ぜたもので代用しています。餡も砂糖の代わりに蜂蜜を使いました」

地球産の食材は一種類しか使えないから、どら焼きを再現するのに苦労したよ。

「キラービーの蜂蜜も高級品だが、自分で採取すればタダだよな……」

ドミニク先生はため息交じりにそう呟き、味の違いを比較するように、二種類を少しずつ齧っては咀嚼(そしゃく)する。

「キラービーの蜂蜜は、殺菌効果が高いから防腐剤代わりになるし。味も濃厚で、少量混ぜるだけで美味しい小豆餡と蜂蜜バターができたと思います。いかがですか?」

「うん。美味い！　アズキアンも、蜂蜜バターも、それぞれ味に個性があっていい！」

俺にそう答えてコーヒーを口に含んだドミニク先生が、カッと目を見開いて叫ぶ。

「なんだ、これ！　すごく美味いぞ！　甘い菓子とほろ苦いコーヒー、めちゃくちゃ合うじゃないか！」

「ですよね。コーヒーはミルクと砂糖で甘くしても、冷やしたり、凍らせたりしても美味しいんです」

「いろんな効果がある薬膳茶と言っていたな。どんな効果があるんだ?」

「覚醒作用で眠気を覚ましたり、集中力・記憶力・思考力をアップしたり。士気高揚・リラックス効果・肉体疲労回復・運動能力向上・老廃物の排出——美容効果や健康効果もありますね」

「凄いな、コーヒー！　こんなに美味い薬膳茶なら、毎日でも飲みたいぜ！」

屋台でドリンクを一緒に売るのもアリかな？

「次はカスタードシュークリームです」

早速子供たちとドミニク先生が手に取って、嬉しそうに一口齧る。

「「「おいしー！」」」

「うん。皮がザクザクしていて、前に食べたシュークリームとは違う美味さがあるな」

「ちなみに、シュークリームを保存するなら五度前後。常温だと消費期限が一時間以内。二十五度以上の場所には置いておけません。冷蔵ショーケースに入れて販売し、一時間以内に食べないなら、傷まないよう保冷剤を付けなきゃいけないんです。屋台の相場は、一個小銀貨二、三枚。高くても半銀貨一枚までと聞きましたが……これ、いくらで売れると思います？」

「俺は銀貨を積んでも買う！　冷蔵しないと傷む高級菓子なんて、庶民は手を出しにくいかもしれないが、Cランク以上の冒険者、辺境伯領の騎士や兵士、やり手の商人、歓楽街の店主や姐さんたちは金を持ってる。美味いと判れば買うだろう。だが、半銀貨一枚を超える商品だと、最初は手を出しにくいから、安い菓子もあったほうがいい」

「そうですね。どら焼きも季節限定で、栗や果物を入れたものを売ってみたいんです」

「ああ。変化があっていいな。いろんな種類を作るなら、ドラヤキをハーフサイズにすれば、中に入ってるものが一目で判るし。価格も下げられるんじゃないか？」

「なるほど！　それいいと思います！」

「ニーノの屋台、楽しみにしてるぞ」

「日程が決まったらご連絡しますので、よろしくお願いします。あと、お礼を言うのが遅くなりましたが、商業ギルド職員のマルセルさんから聞きました。先生が俺を、村の外にあるお屋敷の管理人に推薦してくださったんですね。ありがとうございます。破格の条件だったので、早速賃貸契約を結んで、一昨日引越しました。これは感謝の気持ちです」

　そう言ってアイテムボックスから取り出し、テーブルの上に置いたのは、アイスボックスクッキーの瓶詰（びんづめ）だ。

「うわんっ！　クッキーだ！」

「クッキーも、おいしーにゃんよ！」

「マーブルもようが、プレーンとイチゴ。イチマツもようが、ムラサキのあまいおイモとカボチャ。うずまきもようが、ホウレンソウとニンジン。シマもようが、くろゴマときなこなの」

「ラビが詳しく説明してくれましたが、これは野菜や果物を混ぜて作った『クッキー』という、サクサクした軽い食感の焼き菓子です。季節や保管状況にもよりますが、賞味期限

——つまり、安全に美味しく食べられる期間は、三日から一週間。でも、浄化魔法をかけた密閉（みっぺい）できる瓶に詰めて、賞味期限を延ばす魔法をかけているので、開封しなければ、一カ月くらい経っても美味しく食べられます」

「それは本当か!?」

嘘じゃないです。魔法で瓶の中の空気を、窒素ガスに置換しただけだけど。

「よかったら試食用を出しますので、瓶詰は一か月後に食べてみてください」

ドミニク先生は試食用のクッキーを手に取り、表と裏をじっくり観察しながら呟く。

「二色で模様を作るとは、手の込んだ焼き菓子だな。王都で人気のビスケットより華やかで、女性や貴族にウケそうだ」

そうして、クッキーの味と食感を確かめて叫んだ。

「美味い！　このサクサクした軽い食感と味が、ホントに一カ月もつのか!?」

先生が身を乗り出して詰め寄り、俺は思わず後ろへ仰け反った。

「本当です。俺の故郷では、賞味期限を延ばす魔法を使った保存方法は、一般的に使われているんです」

魔法じゃなくて、技術だけどね。

「まるでダンジョンのドロップ肉の包装みたいな魔法を、一般的に使ってるだと!?　そんな便利な魔法があれば、ダンジョンや危険地帯で働く冒険者たちの食事事情を改善できるじゃないか！」

そういえば――普通の冒険者の食事は、堅く焼きしめたパンと干し肉に、ナッツやドライフルーツといった携帯食料だけ。運が良ければ、現地調達した魔物肉を焼いたり、野草入りのスープを作ったりして食べられるけど、運が悪ければ賞味期限切れの食料を食べるしかないと聞いた。

（きっとドミニク先生も、現役の頃は食料で苦労したんだな）

「ぜひ、冒険者ギルドの売店でこれを売りたい。同じものを、たくさん用意できるか？」

「同じ瓶は売るほどあるから、必要な食材が揃えば量産できます」

俺のアイテムボックスには、毎朝大量に食材が召喚されるけど、それを二種類以上使って料理すると、いろんな効果が付与されるから、なるべく売り物には使いたくない。

「果物や野菜はお屋敷の庭で採れるし。砂糖は手持ちの蜂蜜で代用できるから、必要なのは、卵と、バターかミルクと、製粉してない玄麦です。野菜や果物の色と味をしっかり出したいから、小麦の風味が強い茶色がかった全粒粉ではなく、俺のスキルで製粉した『白い小麦粉』を使いたいんです。できれば軟質小麦が欲しいけど、硬質小麦でも構いません。強力粉を使うとザクッとした食感の硬いクッキーになりますが、それを好む人もいます」

ドミニク先生は少し考え込み、真剣な顔で言う。

「ルジェール村は、いわゆる『冒険者村』で、穀物自給率が低いんだ。商用として大量購入する場合、商人ギルドに登録して、ギルドを通して買い付けたほうがいいだろう。卵は大森林で採取できるし、朝市でも見かけるが、まとまった量がすぐ欲しいなら、東大通りの西側にある養鶏場（ようけいじょう）へ行くことを勧める」

東大通りは、俺たちが連泊（れんぱく）していた宿がある通りだ。

村の地図を確認すると、そこからさらに南へまっすぐ進んだところに養鶏場があった。

「バターはわからんが、養鶏場の東隣に酪農（らくのう）牧場がある。一見客でも便宜（べんぎ）を図ってもらえるよう、紹介状を書いてやろう」

ドミニク先生はそう言って、すぐに三通の紹介状を書き、冒険者ギルドの封筒に入れて渡してくれる。

「ニーノは早めにざっとコストを計算して、希望販売価格を提示してくれ。俺はこの件をギルドマスターに話しておくから、悪いが明日も同じ時間に来てくれるか？」

クッキー販売の件は、翌日ギルドマスターを交えて詳細を詰めるらしい。

「解りました。明日、クッキーの試作品を作ってきます」

ギルドの売店で買い物したあと、ボナール商会へ行く予定だったけど——先に仕入れ先と商談を済ませたほうがよさそうだな。

俺はまず、商人ギルドの受付に足を運んだ。

「すみません。商人ギルドに登録したいんですが」

「かしこまりました。商会設立、商店開業、店舗を持たない屋台や露天商・行商など、商業形態によって登録料が変わります。こちらに必要事項をご記入ください」

商会設立は『ブロンズ』。商店開業は『スチール』。屋台や露店商・行商は『アイアン』からスタートし、業績が上がるとランクも上がっていくらしい。

俺は屋台出店で、屋号は『料理屋ニーノ』。

ホントは『洋食屋ニーノ』にしたかったけど、該当する言葉がないらしく、『洋食屋』と書いても『料理屋』に自動変換されちゃうんだ。

新規登録料は、冒険者ギルドと同じ銀貨一枚。

水晶玉の魔道具で犯罪歴がないことを確認したあと、すぐに冒険者ギルドカードと似たような、商人ギルドカードが交付された。

それを受け取った瞬間、レベルアップ時の無機質な声が脳内で響く。

『【サブ職業・屋台店主】が増えました。

開店祝いに、アイテムボックスに店舗【屋台セット】が贈られました』

えっ!? 【屋台セット】ってことは、必要なもの一式揃ってるってこと？

これがあれば、商人ギルドで屋台区画を借りるだけでいいのかな？

とりあえず、それは現物を確認してからってことで、まずは商談だ。

「小麦の買い付けをしたいので、担当の方に取り次いでいただけますか？　これ、冒険者ギルド職員、『鉄壁の魔漢ドミニク』の紹介状です」

ドミニク先生の名前に二つ名を付けたのは、本人にそうするよう言われたからだ。格闘技ファンでもオタクでもなかった俺には、なんとも気恥ずかしい呼び方だけど――このほうが通りがいいらしい。

受付嬢は俺たちを商談室へ案内し、担当者を呼びに行った。

しばらくして、眼鏡をかけた三十歳前後の男性が現れ、丁寧に頭を下げて挨拶する。

「お待たせいたしました。穀物取引業務担当のモーリスです」

「先ほど商人ギルドに登録した、Eランク冒険者のニーノです」

「シヴァです！」

「ラビです」

「キャティにゃん」

子供たちも俺に倣って席を立ち、ぺこりとお辞儀した。

全員座り直したところで、早速モーリスさんが本題を切り出す。

「紹介状に、『ニーノさんは大変腕のいい料理人で、焼き菓子の屋台出店と、冒険者ギルド売店での携帯食販売を予定している』と書かれていました。ご希望の品は、製粉前の小麦でよろしいですか？」

「はい。質のいい小麦を、なるべく安く、大量に仕入れたいです」

「でしたら、リファレス王国北中部産の小麦をお勧めします。ランジェル辺境伯領は、麦の栽培に向かない土地が多いので、商人ギルドが取り扱っているのは、大穀倉地帯を有する他領から仕入れた小麦が主流です。夏場は小麦相場が下がり、輸送費用も安くつくので、お買い得ですよ」

「扱っている小麦の中に、軟質小麦はありますか？」

「不勉強で申し訳ありません。『軟質小麦』とは、どういったものでしょう？」

いろんな産地の小麦を見せてもらったが、残念なことに軟質小麦はなかった。

「モーリスさんが勧めてくれた小麦にします。麻袋（あさぶくろ）でいくつまで買えますか？」

大量購入割引で、朝市よりかなり安く買えてビックリだ。


商人ギルドでの商談を終え、次は村唯一の養鶏場へ向かった。

看板がある門の脇に、卵を並べた直売所があったので、店番の老人に声をかけてみる。

「すみません。Eランク冒険者のニーノです」

「どうも。いつもお世話になっとります。今日はなんぞ依頼を出しとりましたかな？」

「いえ。卵がたくさん欲しくて来たんです。これ、冒険者ギルド職員、『鉄壁の魔漢ドミニク』の紹介状です」

「おお、鉄壁の！　現役の頃、ずいぶん世話になったんじゃ。どれ」

紹介状を読んだ老人は、人好きのする笑顔で俺に言う。

「あーんた料理人かぃ。危険地帯で働く冒険者のために、美味い保存食を作るってか。冒険者には何度も助けてもろうとるけ、サービスせんといかんのぅ。何個いるんじゃ？」

「ここにある卵、全部買ったらマズいですよね？」

「構わん構わん。うちはルジェール村の領兵隊と、契約しとる飲食店や宿屋に納品して、残った卵を直売所で売っとるんだわ。全部売れたら店仕舞い。隠居爺ものんびりできて大助かりじゃ」

卵も朝市より安く買えて、俺も大助かりだ。

隣の酪農牧場も、門の脇に直売所があった。

入口上部の看板には、ミルク缶と、牛・山羊・羊の絵が描いてある。

店内には、お品書きっぽいボードがあるだけで、品物は並んでいない。

「すみません。Eランク冒険者のニーノです。『鉄壁の魔漢ドミニク』の紹介で来ました」

　店番の女性に声をかけ、紹介状を差し出すと、女性は「ちょっと待っててね」と言って、俺と同年代か、ちょっと年上の男性を呼んできた。

「紹介状、読ませてもらったよ。美味い菓子や保存食を作って売るために、ミルクが欲しいんだって？」

「はい。できればバターやチーズ、ヨーグルト、クリームなどの乳製品も欲しいです」

「んん？　なんだ、それ。聞いたことないな。母さん、知ってる？」

「いや、あたしも知らないねぇ。少なくともこの村にはないんじゃないかぃ？」

　ヘルディア王国やルジェール村で、それっぽいものを見たことないから、そんな気はしていたんだ。

「ミルクがあれば自分で作れるので、ここで取り扱っているミルクを一通り、買えるだけたくさんください」

「あらまあ、太っ腹だね、お兄さん」

「うちは契約先に卸す量に合わせて、乳牛の数を調整してるんだ。飛び込みだと希望通りに用意できないこともあるから、今後も大量に必要なら、定期購入契約してくれると助かるよ」

「解りました。どのくらい必要になるか、商品を売ってみないと判らないので、契約に関しては後日検討します」

俺は今日買える分だけ購入して店を出た。

お屋敷で昼食を食べて昼寝したあと、子供たちを連れてボナール商会を訪ねた。

ボナール商会は領都ブルワールに本店を構え、港湾都市アルレット、ダンジョン交易都市レージュ、大森林に面したルジェール村、リファレス王都、王国南部の港湾都市マルスラーンに支店を構え、国内外の貴族や富裕層に向けて、こだわりのベッドやソファ、執務机、収納家具やインテリア雑貨などを製作・販売している。

企画開発はルジェール村で行っているらしく、俺はこちらの奥様――オレリア・ボナールさんに、特注で洗濯物干しスタンドの製作を依頼しているんだ。

「いらっしゃいませ、ニーノさん。ご注文の品、いくつか試作品ができていますわ。こちらへどうぞ」

出迎えてくれたオレリアさんに応接室へ案内され、ソファを勧められた。

お茶出しの女性店員が下がり、男性店員二人が大きな包みと布を被せたワゴンを運び込むと、オレリアさんがいい笑顔で俺に言う。

「こちらが試作の洗濯物干し用品です。ご注文の複合スタンドを作る前に、X型スタンドとタオルハンガースタンド、洗濯ばさみ、八連ハンガー、角型ハンガー、パラソルハンガー、平干しネットを作らせました。吊るすタイプのハンガーは、フックとキャッチ式フック。平干しネットはそれに加えて、置き型もありますわ。ご使用いただいて問題がなければこのまま、ご不満な点があれば改良して、生産・販売したいと思っています」

異世界転移・転生あるあるで、俺が注文した洗濯物干しグッズが商品になる予定なんだ。

俺は試作品を手に取って、じっくり見せてもらった。

「希望通りにできてます。早速今日から使ってみますね」

受け取った品をアイテムボックスに収納し、本題を切り出す。

「実は今日こちらへ伺ったのは、寝袋か、コンパクトに畳んで屋外に持ち運べる簡易ベッド四台と、先日引っ越した屋敷の家具を買うためです」

「寝袋というのはございませんが、かつて大賢者トーマ・アリスガーが考案したアウトドアベッドなら、取り扱っておりますわ。家具はどういったものをお求めですか？」

「すぐにでも欲しいのが、寝室と更衣室のカーテンと、二階のリビングに置く、座り心地のいい四人掛けのソファセットと、四人並んでごろ寝できる厚手(あつで)の大判ラグです」

「かしこまりました。一階リビング・ダイニングコーナーへご案内します」

オレリアさんの案内で、サンプルが展示されている売り場へ向かった。

「リビングソファセットは、生活スタイルやお部屋に合わせて、パーツを組み換えられるものが売れ筋ですの。こちらは防水・防汚効果が付与されていて、取り扱いも簡単です。

本日すぐご用意できるのは、展示品のキャメルヌバックと、ブラックレザーですわ」

「黒いソファより、明るい茶色のほうがいいな」

「キャメルのほうが、やわらかい印象のお部屋になりますわね。このソファの一番の売りは、大賢者トーマ・アリスガーが考案した、多段階リクライニング機能です。バックレストやヘッドレストの角度を個別に調節できますのよ。ぜひ座り心地をお試しになって」

　オレリアさんに促され、俺が展示品のソファに座ると、子供たちも腰掛ける。

「うわんっ！　このいすもフカフカ！」

「いいにゃん、いいにゃん！」

「すごくいい♪」

「そうだね。ハイバックソファは、ヘッドレストの角度が合わないと疲れちゃうけど、このソファはいい感じに首や背中を支えてくれるよ」

　アリスガーさんは、ソファやベッドの開発に力を注いだんだね。

　日本で生まれ育った現代っ子に、この世界の庶民向けの硬いベッドや、座面も木製の椅子はつらいから、めちゃくちゃありがたい。

　感動に浸っていると、オレリアさんが厚い冊子を渡してくれた。

「こちらは、既製カーテンの布地見本を貼付したカタログですわ。このまま座ってご覧ください」

「ありがとうございます。どんな色柄のカーテンがいいかなぁ」

俺が膝の上にカタログを広げると、キャティは俺の隣に座ったままで、シヴァとラビはソファから降り、左右に立ってカタログを覗き込む。

ゆっくりページをめくっていくと、子供たちがサンプルを指さして言う。

「うわんっ！　おれ、これがいい！」

「ぼくはこれ♪」

「キャティは、これにゃん！」

シヴァが選んだのは、グリーン系のリーフ柄。

ラビはコバルトブルー地に、星を散りばめたような柄。

キャティはピンク地にバラ柄だ。

「それはみんなが大きくなったら使う部屋に掛けようか。キャティは女主人が使ってた部屋で、シヴァとラビはじゃんけんして、勝ったほうが窓の多い角部屋ね」

「「うんっ！　じゃんけんぽん！」」

「やったぁ！　おれのかちー！」

シヴァはラビより勝負運が強いのかな？　ベッドの配置を決めたあみだくじでも、希望通りの場所を当てたよね。

俺は寝室にアーモンドベージュ系。更衣室は透けにくいブラウン系。書斎にはライトグレー系の幾何学模様っぽい柄のカーテンを選んだ。

シアーカーテンはすべて、ダマスクっぽい織柄の高級白レース。これだけ防汚効果と、室内の日焼けを防ぐ――日本風に言うとUVカット効果が付与されていたんだ。

ちなみにグレートルームは、南側のサロンや、遊戯室越しに東から入る光を、ステンドグラス越しに採り入れるので、カーテンは必要ない。

「二階のソファもこれに決めます」

「かしこまりました。厚手の大判ラグは、ご希望の素材などございますか？」

「オールシーズン使えるクッション性が高いもの。できれば冬は炬燵を置いて、鍋を囲みながらくつろぎたいので、防炎・撥水加工してあるといいんですけど」

「大賢者トーマ・アリスガーが考案したコタツは、『一度入ったらなかなか出られない』と嘆きながらも、愛用する方が多いですわね。当商会でも秋冬商品として、来月中旬から展示販売いたしますのよ。ニーノさんは、専用チェアとセットのハイタイプと、ラグに直接座るロータイプ、どちらがお好みですか？」

「俺はロータイプの炬燵にもぐってごろ寝したいです」

「でしたら、防炎・撥水・防汚効果が付与された、フロアソファ付きクッションラグがお勧めですわ。オールシーズン使えるので、こちらに展示しております」

オレリアさんは、俺たちをカーペット・マット類の展示コーナーへ案内してくれる。

お勧めのクッションラグは厚さ五センチくらいで、ローバックのクッション座椅子がラグをL字型に囲んでいた。

「こちらはフロアソファのバックレストを倒すと、ごろ寝枕になりますの。ダブルコーナータイプもございます。色はベージュ・ブラウン・ライトグレー・ネイビーで、コタツの大きさに合わせてサイズ展開しています。どうぞ、使い心地をお試しになって」

「じゃあ、ブーツを脱いで、上がらせてもらおう」

「「「はぁーい！」」」

クッションラグは、程よい反発があり、クッション性が高い。

フロアソファに腰を下ろしてバックレストに凭れると、心地よく背中をホールドしてくれるし。バックレストをごろ寝枕に変形させて、横になっても快適だ。

「うわん！　ベッドみたい！」

「きもちいい～♪」

「うにゃーん。このまま、おひるねしたいにゃん」

「寝ちゃダメだよ、キャティ。まだお買い物しなきゃいけないんだから」

俺は慌ててキャティを起こしてブーツを履かせ、ラグから退いた。

「みんな気に入ったみたいだから、ラグはこれにします。秋にはこちらで炬燵も買う予定なので、四人がゆったり入れる炬燵に合わせたサイズの、ダブルコーナーソファ付きをください。色はベージュがいいです」

「かしこまりました」

「あと、寝室は靴を脱いでくつろぎたいので、ウールカーペットを敷き詰めたいです」

俺は浄化魔法が使えるから、土足のままでも家に汚れを持ち込むことはないけど。玄関で靴を脱ぐのが当たり前の日本人には、土足で過ごすことに抵抗があるんだよね。

せめて風呂上がりくらいは、屋外兼用のブーツなんて履きたくないし。

寝室は裸足でリラックスしたい！

「できればプライベートな居住スペースは、室内用の靴に履き替えたいので、室内靴の収納を兼ねたベンチと、屋外用のブーツ収納ラックも欲しいんですが、そういうの売ってますか？」

「靴は扱っていませんが、靴の収納ベンチと収納ラックはございます。冒険者にはあまり浸透してないようですが、大賢者トーマ・アリスガーが室内靴を広められ、貴族や商人は、自宅で靴を履き替える方が多いのです」

アリスガーさん、ありがとう！　これで、どこでも土足生活とおさらばできるよ！

「室内靴って、どこで売ってますか？」

「当商会の向かいの靴屋で扱っていますわ」

ボナール商会でスリッパ立てを売っているから、この世界にもスリッパがあるんだね！

寝室のカーペットは、サンプルから薄いベージュを選んでオーダーした。明日の午後、担当者が寝室のサイズを計りに来るそうだ。

「あと、ついでに書斎の家具も買います。鍵付きの引き出しがついた、実用的で使い勝手のいいワークデスクと、子供たちがゆったり座れて、ベッドとしても使えるリクライニングソファと、テーブルと、ソファの前に敷くラグが欲しいな」

いろいろ見せてもらって、カーテンの色に合わせたコーディネートで、すべて揃えることができた。

アウトドアベッドは、折り畳んでバッグに入れて持ち運び可能で、テントの中でベッドとして使えて、リクライニングチェアにも、ベンチにもできる。元の世界でエアーマットコットと呼ばれているキャンプ用品と同じものだ。これがあれば、もう森で地面に直接寝転がらなくていい。

「もしかして、ロッキングチェアやハンギングチェアもありますか？」

俺の問いに、オレリアさんが首を傾げた。

「それはどういったものでしょう？」

「ロッキングチェアは、揺り籠みたいに揺れる椅子で、ハンギングチェアは、ブランコみたいに吊るした椅子が揺れるんです」

「揺り籠に、ブランコ？　それはどんなものですか？」

「うーん……言葉で説明するより、図解したほうが解りやすいかも」

「では、こちらでお願いします」

最初に案内された部屋へ戻って、俺はテーブルの上に方眼紙のバインダーノートと色鉛筆セットを出し、説明文入りのラフ画を描いていく。

子供たちは大人しくそれを見ていたが、しばらくすると、待ちくたびれた様子で騒ぎ出す。

「「おにーちゃん。おなかへったー」」

「はっ、ごめんね。もうおやつの時間だよね。すみません。子供たちにおやつをあげてもいいですか？」

「ええ。構いませんわ」

「よかったらオレリアさんも試食してください。近々屋台で売る予定のどら焼きです」

おやつのついでに試食を勧めて、宣伝しておくことにしたんだ。

子供たちにはいつもの冷たい牛乳。オレリアさんにはダージリンを用意し、みんながおやつを食べている間に、俺は続きを描いていく。

「「おいしー！」」

「まあ……本当に、びっくりするほど美味しいわ。こんなお菓子、初めてですわ。屋台を出すときは教えてください。絶対に買いに行きます」

お客さん一人ゲットしたよ。

(よかったら従業員や職人さんにも差し入れてくださいね！)

なーんて心の中で呟きつつ、書き終えたラフ画を見せて言う。

「オレリアさん。これがロッキングチェアです。椅子の脚に弓状に反った部材が付いていて、ゆらゆら揺らすことができます。揺り籠はこういったベビーバスケットに、弓状に反った部材が付いていて、首が座った赤ちゃんをあやすのに使います」

「まあっ！　これで赤ちゃんをあやせるんですか？」

「ええ。上に音がするおもちゃがついてると、めちゃめちゃ喜びますよ。赤ちゃんを卒業したら、こんな感じの、持ち手や足置きがついたロッキングホースに乗って遊ぶ子が多いですね」

「うわんっ！　これほしい！」

「ぼくも！」

「キャティもにゃん！」

絵を見た子供たちが期待に満ちた笑顔で欲しがり、絵と子供たちの反応を見たオレリアさんが食い気味に言う。

「これは絶対に売れますわ！　揺り籠も、ロッキングチェアも、ロッキングホースも、ぜひうちの商品として扱わせてください！」

「作っていただけるなら喜んで。できればこんな感じで、弓状に反った部材の両端に座って、二人で揺らして遊べるシーソーも作ってもらえませんか？」

「職人に相談してみます」

「あと、これがハンギングチェアです。卵型の椅子を一本のチェーンで吊り下げていて、ゆらゆら揺らしながらくつろげます。そしてこれがブランコ。二本のロープやチェーンで板を吊るして、前後に揺らす遊具です。これだと小さい子には危ないから、椅子のほうがいいと思って、ハンギングチェアをリクエストしたんです。でも、こういった複数のチェーンで椅子やベンチを吊るしたブランコや、対面式のベンチと足置き台がある箱型ブランコもいいなと思ってます。ベンチや箱型は、耐荷重量をオーバーしなければ、みんなで乗って遊べますから」

「うわんっ！　おれ、ぜったいブランコであそぶーッ！」

「にゃーん！　キャティ、おにーちゃんとブランコのるにゃんよ！」

「ぼくも！　ぼくもブランコのりたい！」

子供たちが大はしゃぎで激しく自己主張し、オレリアさんも瞳をギラギラ輝かせながら、食い入るように絵を見て言う。

「凄くいいアイデアですわ！　ベンチや箱型ブランコは、恋人同士や家族で乗って楽しめるので、きっと貴族や富裕層に売れると思います！　頑張って製作しますので、完成した暁（あかつき）には、ぜひハンギングチェアやブランコも商品化させてください！」

「ええ。できればこちらの、滑り台やジャングルジムも作っていただけると嬉しいです」

前の持ち主がビリヤード台などを置いていた遊戯室（ゆうぎしつ）を、室内遊園地っぽくしたら、子供たちが喜ぶと思うんだよね。

「善処（ぜんしょ）いたします。一度にすべての開発を手掛けるのは難しいので、まずはロッキングチェアから試作させましょう」

「よろしくお願いします。いつもご無理ばかりお願いしてすみません」

「無理だなんてとんでもない。アイデアは財産です。こんな遊び心のある家具や遊具は、大賢者ですら作っていませんわ」

まぁ……異世界召喚される勇者たちは、公園の遊具で遊ぶ歳じゃないだろうし。子供向けの遊具を作ろうなんて、考えもしないよね。

俺は購入した商品の代金を支払い、オレリアさんとともに、ボナール商会の馬車で倉庫へ受け取りに行く。

すでに早馬で連絡していたらしく、スムーズに受け取れたよ。

倉庫街から屋敷まで送ってもらい、残り物を再調理した夕食を済ませた。

その後、日没まで畑仕事をして、主寝室と更衣室にカーテンを取り付け、浴室のシャワールームで汗を流して湯船に浸かる。

扇型の大型バスタブは、俺がキャティを抱っこすれば、四人で一緒に入れるんだ。

「はぁ〜っ」

湯に浸かってため息をつくのは爺臭いって、弟の広弥にツッコまれたことがあるけど、子供たちも「はぅーん」「ぷふぅ〜」「ふにゃー」って言ってるから、歳のせいじゃないよね？

いい湯加減でのんびりしながら、俺は石鹸水のウォーターボールに放り込んだ衣類を、洗濯機魔法の水流でかき回す。

「「「グルグルー！」」」

泡と洗濯物が回転するのが面白いらしく、子供たちは目を輝かせて観察している。

風呂から上がれば、ついに洗濯物干しグッズの出番だ。

子供たちに水分補給させながら、俺は亜空間厨房の扉を開き、洗濯物を干してみた。

「さすが高級家具を製作しているボナール商会。日本製の洗濯物グッズに引けを取らない出来じゃないかな？」

洗濯物を干し終わり、亜空間厨房のドアを閉めてふと思う。

（亜空間厨房にスマホを持ち込むと瞬時にフル充電されるし。空の魔石も一瞬で魔力充じゅう

填(てん)できた。ってことは、もしかして、ドアを開けたら洗濯物が乾いてたりして)
　まさかと思ってドアを開けて確認したら、本当に乾いていた。
「いつも乾燥機魔法で乾かしていた労力は、なんだったんだろうな……」
　遠い目をして黄昏れずにはいられないよ。

　俺は子供たちを寝かしつけ、いつものようにそっと亜空間厨房に移動して、気になっていた【屋台セット】をステータス画面で確認してみた。

　屋台の形状は、移動可能な『マルシェ風ワゴン屋台』『リヤカー屋台』と、お祭りで使われている『三寸屋台』『イベント出店用タープテント』から選択でき、屋台メニューの幟旗(のぼりばた)や商品名入りの横断幕をつけてカスタマイズできる。

　屋台は、この世界の文字で書かれた『料理屋ニーノ』の屋号入り。

　幟旗や横断幕も、デザインは日本の屋台風だけど、文字はこの世界のものだ。

　タープテントは、形状やサイズ変更も、カラー指定も自由自在。組み立てた状態で取り出せる上、『横幕なし』のデフォルト設定に、『背面一方幕』『三方幕』『四方幕』のいずれかを追加でき、指定した場所に入口や窓も設置可能。

　ステータス画面で『屋台レイアウト』を設定して保存すれば、調理に必要な魔道具やシヨーケース、プライスカード、食器・調理器具・消耗品をセットした収納棚や引き出し付きテーブル、ディスプレイワゴン、使用者登録できる防犯機能付き金庫なども、全部まとめて、アイテムボックスから希望の場所へ取り出せる。

「でも人目の多い屋台広場で、いきなり完成した状態で【屋台セット】が出現したら――いろんな意味で目立ちすぎるかも……」

ヘルディア王国からの逃亡中、俺は面倒事に巻き込まれないよう、レアスキルのアイテムボックスが使えることを隠していた。

でも、『冒険者になるなら、大容量のアイテムボックスはアピールポイントだ』とアドバイスされ、ルジェール村に着いてからは隠していない。

「もし面倒事に巻き込まれても、レベルアップした今の俺なら、自分と子供たちの身は守れるし。こんな便利なもの、使わないのは損だよね」

俺は引き続き、屋台什器の内容を確認した。

魔道具は、亜空間厨房で魔力充填した魔石で稼働し、亜空間厨房で時空魔法が発動する魔道具としても使える仕様だ。

マルチベイクドフーズメーカーは、プレートの形やサイズ・連式を変更できる。

二枚のプレートを重ねて作る焼き菓子なら、一連式から四連式まで選べるらしい。

銅板や鉄板、たこ焼きプレート、クレープ焼き台も選択できるから、変更というより、変身できちゃう魔道具だよ！

「これなら、大きな銅板でどら焼きの皮をたくさん焼けるし。鯛焼き、大判焼き、各種ワッフル、焼きドーナツ、フィナンシェ、マドレーヌ、ベビーカステラ――」

そこまで読んで、ふと思いついた。

「全粒粉を使った甘さ控えめのベビーカステラなら、ハーフサイズのどら焼きより安くできるし。どら焼きは作り置きを売って、ベビーカステラを焼きながら売るのも手だな」

そこで次に表示されている魔道具の名前を見て、俺は驚きのあまり叫んだ。

「えっ!?　亜空間厨房専用の魔道どら焼きマシン!?」

生地を作ってこれにセットすれば、俺が作るクオリティーで、瞬時に大量のどら焼きを作ってくれるんだって。

今夜は販売用のアイスボックスクッキーを試作する予定だったけど、早速新しい機材を使って、どら焼きとベビーカステラも試作するぞ！

生地の配合と大きさを変えればホットケーキも作れるから、明日のお昼ご飯は、おかずやサラダを添えた甘くないホットケーキだ！

3．お菓子を売ろう！

昨日試作したベビーカステラは、焼きたての状態で朝食のデザートにした。

「うわんっ！　いいにおい！」

「おいしーにゃん！」

「ちっちゃくて、ふわふわ♪」

子供たちは、ほのかに甘い素朴な味の小さなカステラが気に入ったようだ。

朝食後は庭仕事をして、カーテンの取り付けや家具を配置し、少し早めに冒険者ギルドを訪ねた。

「すみません。ドミニク先生と面会の約束をしているんですが――」

「ドミニクから聞いております。どうぞこちらでお待ちください」

受付嬢のパメラさんに案内されたのは、昨日のミーティングルームだ。

しばらくそこで待っていると、ドミニク先生がギルドマスターと、ギルドマスター秘書のソフィアさんを連れて現れた。

「ドミニク先生。昨日は紹介状を書いていただき、ありがとうございました。おかげで良い買い物ができました」

「それはよかった。早速だが、冒険者ギルドの売店で瓶入りクッキーを売る件、ギルマスに話を通しておいたぞ。まあ、座れ」

今日はドミニク先生が窓側の席に移り、ギルドマスターが真ん中の席。ソフィアさんが下座の席に着く。

俺はキッズチェアに子供たちを座らせ、ギルドマスターの向かいに座った。

「昨日入手した食材と、キラービーの蜂蜜を使って、強力粉クッキーを作ってきました。まずは試食してください。飲み物は、昨日と同じコーヒーでいいですか？」

「ああ。ぜひそれで頼む」

大人用のホットコーヒーを配ると、ギルドマスターとソフィアさんが興味深げに手に取って匂いを嗅ぐ。

「ほぅ。これがドミニクがハマったという薬膳茶か」

「薬とは思えないほど、いい香りがしますね」

「甘い菓子とよく合うんだ。これも売店に置いてほしいぜ」

（もしコーヒーを売るとしたら、薬効の高い薬として扱うべきか、判断に迷うよね）

俺は曖昧（あいまい）に笑ってスルーし、アイスボックスクッキーを取り出した。

「今回は仕切りつきのラッピング箱に、四種類を個包装して四袋ずつ、十六枚入りで詰めてきました」

　蓋を開け、箱の中身を見せて言う。

「この半透明の小袋は、和紙という紙に、空気を通さないバリア魔法を施しています」

　嘘です。地球から召喚された、気体を通しにくい加工を施し、表面に和紙をラミネートしたガス袋です。

「箱なら瓶より軽くて持ち運びしやすい上、バリア袋にお菓子を入れて密封し、賞味期限を延ばす魔法をかけているので、全部一度に魔法が切れることはなく、手を洗えない場所でも、袋越しにつかんで食べられるから衛生的です」

「「「それはいい！」」」

「ドミニク先生に差し上げた瓶詰のクッキーは、プレーンとイチゴ、紫芋とカボチャ、ほうれん草と人参、黒ゴマときな粉でしたが、今回は自宅の庭で採れた果物と野菜で作りました。ピンクと青紫のマーブル模様が、ラズベリーとブルーベリー。緑がかった色と濃いオレンジ色の市松模様は、ズッキーニと赤パプリカ。緑とオレンジ色っぽい渦巻き模様は、ほうれん草と人参。プレーンっぽい色と緑の縞模様がコーンとグリンピースです」

　果物と野菜で色付けされたクッキーを見て、ソフィアさんがため息交じりに呟く。

「きれいですねぇ。こんなお菓子、王都にもないですよ」

「そうだな。しかし……なんで人参がオレンジ色なんだ？」

「人参も緑ですよね」

「馬の餌にする根っこはオレンジ色だが……」

　ギルドマスターのツッコミに、ソフィアさんとドミニク先生も同意しながら俺を見る。

「この辺りでは人参の葉だけを食用としているみたいですが、俺の故郷では、オレンジ色の根っこの部分を食べるんです。根っこのほうが美味しいから、葉は棄(す)てちゃう人のほうが多いですよ」

「ええっ!?」

「食文化、違い過ぎだろう！」

「でも、試食したほうれん草と人参のクッキーは、めちゃくちゃ美味かったぜ。ニーノの菓子は、見た目だけじゃなく、味も最高だ」

「ドミニク先生。お褒めの言葉、ありがとうございます。皆さん。食べる前に、掌を上に向けて手を出してください。《浄化消毒(クリーン)》」

　全員の手をまとめて浄化すると、ギルドマスターが目を剥いた。

「おい、ちょっと待て。今お前、六人掛けのテーブルごと、範囲指定でまとめて浄化したな!?」

「ええ。うちの子たち、まだ五歳と三歳だから、テーブルに落ちたものを拾って食べるかもしれないし……」

「そういうこと言ってんじゃねぇ。魔法は影響を及ぼす範囲が広がるほど、無駄に魔力を消費するんだ。冒険者なら、もっと魔力を節約することを覚えろ」

ん？　もしかして、俺を心配して叱ってくれてるのか？

「すみません。でも俺、採取専門の冒険者で、戦闘員じゃないから大丈夫です」

ヘラっと笑って返すと、ギルドマスターが残念な子を見るような顔をする。なぜ？

「まあいい。試食に入ろう」

ギルド側の三人がクッキーに手を伸ばすと、空気を読んで静かにお預けしていた子供たちも、「「「いただきます」」」と手を合わせて嬉しそうに食べ始めた。

「「「おいしい！」」」

「確かに美味い！」

「とても美味しいです！」

「うん？　『キョウリキコを使うとザクッとした食感の硬いクッキーになる』と聞いていたが、そんなに食感が違うか？」

「とうもろこしから作ったコーンスターチを少し混ぜて、硬くなる成分を薄めているんです。なるべく食感を軽くするため、焼く前の生地の厚さにもこだわりました」

そこでギルドマスターが、真剣な顔で確認する。

「このクッキーは、本当に一カ月先でも、こんなに美味しく食べられるのか？」

「はい。バリア袋に異常がなければ大丈夫です」

昨日魔道オーブンの発酵機能で、真夏の常温くらいで時間を進めて確認したから、自信を持って言える。

「箱入りは、扱い方によっては箱が潰れる可能性もあるので、念のため、個包装して瓶に詰めたものと、スクリュー缶に詰めたものも持ってきました。検証用に、すべて五つずつ用意しています。時期をずらして開封し、味の変化がないか確認してください」

「そうさせてもらおう。冒険者ギルドでは、検証が終わるまで『一か月持つ』とは公言できない。だが、もともと一週間くらい持つ菓子なんだろう？　まずは賞味期限の延長魔法には触れず、一週間の期間限定で、箱入りクッキーをテスト販売してみたらどうだ？」

「私もその案に賛成です。これなら味だけで勝負しても売れますよ」

「俺も賛成だ。個包装してあるだけでも、冒険者にとっては助かると思うぞ」

ギルドマスターの提案に、ソフィアさんとドミニク先生が同意し、俺も頷く。

「そうですね。できればテスト販売期間中に、試食販売できると嬉しいです」

「「試食販売？」」

「ええ。よほど珍しいもの好きの人でなければ、初めて見る食べ物を、味も判らないまま買わないと思うので、小さくカットしたクッキーを味見してもらうんです」

「なるほど。確かに、味を知れば買いたくなるだろうな」

「ニーノはこれを、一箱いくらで値付けする？」

「いくらにしましょうか。強力粉と卵とミルク以外は自力で採取したので、仕入原価は、銀貨一枚もかかりません。ドミニク先生のおかげで、食材が採れる大森林のお屋敷が、月額小金貨五枚の格安家賃。キッチンの魔石は、自力で魔力充填できるので初期費用のみ。バリア袋も自作できるから、ラッピング費用も大してかかりません」

正確に言うと、ラッピング用品は召喚店舗倉庫に毎日タダで補充されるんだけど。

俺の言葉に、ドミニク先生が困惑した様子で呟く。

「いや、そのバリア袋は、この国にはない稀少品なんだが」

無言で考え込んでいたギルドマスターが問いかける。

「ソフィア。王都のビスケットは、一缶いくらだ？」

「二十枚入りで小金貨一枚です」

「十六枚なら、銀貨八枚か……」

「えっ!?　屋台のお手伝いをしたとき、この箱入りクッキー、銀貨二枚か三枚くらいなら、売れるんじゃないかって言われましたけど」

驚いて口を挟むと、ドミニク先生とソフィアさんにツッコまれた。

「そりゃ、庶民向けの砂糖不使用ビスケットの相場だ」

「庶民向けの塩ビスケットは、紙袋に二十枚入りで銀貨二枚です」

「このクッキーも砂糖不使用ですけど……」

「キラービーの蜂蜜も高級品だぞ。ニーノが屋台で売る分には、価格に上乗せしないのは自由だ。しかし、仮にも冒険者ギルドが、キラービーの蜂蜜入りクッキーを安売りするわけにはいかんだろう」

「キラービーの蜂蜜には、即効性の疲労回復効果と、若干の魔力回復効果がある。回復ポーションを限度いっぱいまで飲んだあとでも、蜂蜜入りの菓子なら食べても問題ない。いわば、危機に陥ったときのお守りだ。冒険者なら、高いとは思っても、ぼったくりだとは言わないぜ。見習いが作る疲労回復の低級ポーションも、一本半銀貨一枚だからな」

「それに、売り上げの十パーセントを、場所代として冒険者ギルドがいただくことになりますから、それを考慮した上で値付けしていただかないと」

ギルドマスター、ドミニク先生、ソフィアさんにそう言われて、少しの間考え込む。

「……じゃあ、クッキー一個を半銀貨一枚として、四枚入る小箱に四種類詰めて、銀貨二枚にしましょう。これなら王都のビスケット一枚の価格と同じで、庶民向けのビスケット一袋と同じ価格帯です」

俺の主張に、ギルドマスターが頷いた。

「ニーノがいいならそれで行こう。会計はギルドの売店でまとめて行い、場所代を引いた売り上げをニーノのギルド口座に振り込む。支払いは基本的に月末締め、翌月十日払いだが、不都合なら日払いや週払い、即日払いにも応じるぞ」

「では規定通り、月末締め十日払いで構いません」

「規定通りで行かせてもらう。いつから試食販売する？」

「俺はいつでも構いません。告知期間が必要なら、どら焼き屋台の出店も考えているので、そちらを先にやりますし……」

「ドラヤキ？　なんだそれは」

　ギルドマスターに聞かれたので、ハーフサイズのどら焼きを三人分取り出した。

「これです。昨日コーンスターチが作れたので、どら焼きも試作しました。これが、砂糖の代わりにキラービーの蜂蜜を使った小豆餡。これがキラービーの蜂蜜バター。こっちは餡塩バターです。よかったら試食して、感想を聞かせてください」

　ちなみにバターも、昨日買ったミルクで自作している。

「おにーちゃん。おれもどらやきたべたい！」

「キャティもにゃん！」

「ぼくも、ししょくしたい♪」

「子供は餡塩バターだけだよ。小豆餡と蜂蜜バターは、午後のおやつね」

「「「うんっ！」」」

子供たちにも一切れずつ渡すと、大喜びで耳と尻尾を動かしながらかぶりつく。

「「「おいしい！」」」

「うっ……美味い！」

「こんなおいしいお菓子を食べたの、初めてです！」

「ああ。昨日のもっちりした皮のドラヤキも美味かったが、やはりふんわりした皮のドラヤキが俺の好みだ。アズキアンも蜂蜜バターもいいが、アン塩バターがダントツだぜ！俺はナマクリーム入りの次に、アン塩バターが好きだ！」

ドミニク先生がどら焼きにランク付けして、ギルドマスターとソフィアさんが興味津々って顔で尋ねる。

「ナマクリームとはなんだ？」

「そんなに美味しいものなんですか？」

「めちゃくちゃ美味いッ!!」

「確かにすごく美味しいんですが、気温が高いと傷みやすくて危ないから、夏の販売には向かないんです。保冷剤付きで売るとしても、秋以降ですかね」

「……そうか。しかし、こんな美味い菓子を屋台で売ったあとで、クッキーの試食販売なんぞしたら、興味を持った奴らがタダで味見しようと殺到するんじゃねぇか？」

「あー……確かに……」

「カツカツの生活をしてる下のヤツらは、買う気がなくても群がってくるだろうな」

「買う気がなくてもいいですよ。あちこちで『美味しかった』って噂してくれたら宣伝になるし。将来稼げるようになって、買ってくれるかもしれませんから」

　俺の言葉に、ギルドマスターがため息をつく。

「ニーノが宣伝と割り切ってるならいいんだが――試食販売なんて初めての試みだから、勝手がわからん。できれば屋台を出す前に、事前告知なしで始めて様子を見たい」

「それがいいと思います。初日は客足が鈍くても、二日目以降は、クチコミで人が集まるでしょうから」

「だな。週明けでキリもいいし。明日の早朝から、売り物の菓子を用意できるか？」

「材料はすでに仕入れたので、百箱でも二百箱でも用意できます」

「じゃあ、とりあえず初日は百箱くらいで様子を見よう。残れば翌日に持ち越し。全部売れたら増量する方向で、明日から一週間、試食販売を行うってことでいいか？」

「はい。よろしくお願いします」

　クッキーの試食は、ギルドの依頼という形で契約書にサインした。

　冒険者ギルドをあとにして、俺は子供たちを連れて靴屋へ行き、各自のシンボルカラーのスリッポンとスリッパを買って帰宅した。

ちなみにスリッパは風呂上がり専用と、来客用だ。

午後四時には、ボナール商会の馬車でオーダーカーペットの担当者が来るから、食後の昼寝のあとは、放牧場や駐車場施設の点検がてら掃除することにした。

異常がないか点検するのは、ここを安く借りる条件の一つだからね。

俺は子供たちを連れて、ライラック並木の馬車道を通って駐車場へ向かった。

広い駐車場の北側に建つ建物は、一階がカフェバーと馬車庫、二階が来客の使用人や護衛の宿になっている。

放牧場の入口を挟んで、生垣の向こうに建つ建物が、お屋敷の使用人の寮だろう。

南門の門番小屋は小さな平屋だけど、東南角地にある正門の門番小屋は、二十坪くらいの二階建てで、屋上に物見塔がある。

門番だけでなく、見張り番や警備員、お屋敷の御者(ぎょしゃ)、伝令(でんれい)や案内係なども詰めていたのかもしれないね。

俺は建物の外側からも、内側からも浄化魔法をかけて回りながら、不法占拠(せんきょ)されている形跡がないか確認して回った。

門番小屋には、インターホンっぽい魔道具がある。

「これが取説か。インターホンは、正門のノッカー魔道具と対になってるんだ。こっちは本館の従僕控室？　ノッカーとインターホンに風の魔石を取り付けると使えるんだね」

「使用人がいないから、約束の時間が近づいたら、正門の門番小屋で待ってたほうがよさそうだな。水回りの魔石も取り付けておくか」

不法占拠されないように、本館とオランジェリー以外の建物は、使用しないときは魔石を外しておくつもりだけどね。

放牧場の厩舎も一通り点検しながら浄化し、馬洗い場や給水設備の魔石を取り付けた。

「まだ時間あるし。昨日も今日もあまり運動してないから、別館の点検と清掃がてら、護身格闘術の訓練でもしようか？」

「「うんっ！」」

俺たちは馬車道を引き返し、本館の列柱廊（コロネード）のテラスを通って、庭を眺めながら別館へ向かう。

東の庭は、秋に紅葉する木が多く、水連池とガゼボもある。

地下道と渡り廊下で本館とつながっている別館は、地上二階、地下一階建て。

訓練場は地下一階からの三層吹き抜けになっている。

一階は、ロビーの横の管理人室っぽい部屋と水回り、一列程度の観覧席と立ち見ができるギャラリー、階段、各設備の運転操作と監視を行う制御室。

二階はキャットウォークがあるだけだ。

俺たちは別館の点検と浄化をしながら地下一階の訓練場へ降りた。

「ギルドのくんれんじょーより、ちっちゃいにゃん！」

「「……うん。ちっちゃい」」

「いやいや君たち。おうちに訓練場があるだけで凄いんだよ」

制御室にあった取説によると、訓練場には物理攻撃や魔法攻撃に対する結界が張れるようになっていて、ステージには、魔法や訓練用の魔法弓の攻撃を吸収して動力に変換する可動式の的が内蔵されているらしい。

今は条件付きの借家だけど、ここを買ったら、子供たちの魔法訓練に使えそうだ。

「じゃあ、まずは準備運動からいくよ！」

ラジオ体操のメロディを口ずさむと、シヴァとラビが瞳を輝かせて言う。

「ぅわんっ！　らじおたいそーだ！」

「これ、もりでばしゃにのってたとき、あさおきてやった」

「うん。キャティは寝てたから初めてだよね。俺の動きを真似してね」

音楽がないのは淋しいけど、子供たちはお遊戯感覚で楽しそうに真似してくれる。

「次はシヴァとラビ、俺とキャティで組んで、レッスンの復習をするよ」

いつもはみんな俺と一緒がいいってゴネるけど、シヴァもラビも、本気を出せる組み合わせに文句はないようだ。

相手を捕まえる側と、それを躱して逃げる側。交互に繰り返して遊んでるような感じだけど、なかなかいい運動になる。

ドミニク先生に「ヘタレ」と言われ続けた俺と違って、シヴァとラビは護身格闘術の才能があると思う。五歳とは思えないスピードで、白熱した攻防を繰り広げてるよ。

キャティはうろ覚えで混乱することもあるけど、すばしっこさでは負けてない。

「そろそろ終わりにしよう」

俺は自分と子供たちに浄化魔法をかけ、門番小屋へ引き返した。

まずはテーブルセットを取り出して、冷たい牛乳で蛋白質を補給する。

あと、ボナール商会の御者さんに、お茶と茶菓子を用意しておかなくちゃ。

「うわんっ！　どらやき！」

「おやつにゃん！」

「♪」

「これはもうすぐ来るお客さんの分だよ。おやつはあとで食べようね」

と言ったら、みんなパタパタしてた耳と尻尾をシュンと萎れさせた。

目に毒だから、ギリキリまで隠しておかなきゃ。

そうしてしばらく待っていると、微かに聞こえた馬車の音が近づいてきて、門扉のノッカー魔道具が来客の存在を伝える。

「ごめんください。ボナール商会から、オーダーカーペットの採寸に参りました」

ノッカーと対の魔道具から声がしたので、受け答えして小屋を出た。

「お待ちしてました。現在このお屋敷を管理しているニーノです」

「シヴァです！」

「ラビです」

「キャティにゃん！」

俺に続いて子供たちも挨拶すると、採寸に来た担当者が頭を下げて言う。

「初めまして。オーダーカーペット担当のボドワンです。よろしくお願いします」

「よろしくお願いします。馬車はあちらの馬車庫に止めてください。馬はこちらの放牧場へどうぞ。水場もありますよ。御者さんは、よかったら門番小屋にお茶とお菓子を用意しているので、それを食べながら休憩してくださいね。ボドワンさんはこちらへどうぞ」

駐車場から本館へ移動し。玄関を開けて中へ招き入れた。

「カーペットを敷き詰めたいのは、二階の主寝室です」

部屋へ案内すると、ボドワンさんは一人で金属メジャーを使って器用に採寸する。

「終わりました。作り付けのクローゼットのドアの下側に余裕があるので、問題なくピッチリ敷けますよ。カーペットは一週間後にお持ちします」

「よろしくお願いします。お茶とお菓子を用意していますので、こちらへどうぞ」

「いえ、お構いなく」

「再来週あたりに、屋台で売ろうと思って試作したお菓子なんです。よかったら、食べて感想をいただけると嬉しいです」

「そういうことでしたら、遠慮なくご馳走になります」

俺はボドワンさんをローズガーデンが見えるティールームに案内し、用意していたテーブルセットに、一人分の冷たい麦茶と、試食用のどら焼きを出して並べた。

「これはどら焼きという、小麦粉や卵で作った皮に、甘い具材を挟んだお菓子です。こちらが小豆餡。これが蜂蜜バター。こっちは餡塩バターです」

ボドワンさんは物珍しげにどら焼きを手に取り、口にした途端、目を見開いて俺に言う。

「なんですか、これ！　こんな美味しいもの、初めて食べました！　屋台が出たら絶対買いに行きます！　同僚にも宣伝しますよ！」

「ありがとうございます。よろしくお願いします」

そこでシヴァがクイクイと俺の袖を引く。

「おにーちゃん。おれもどらやきたべたい」

俺としては、ボドワンさんを見送ったあとでおやつの予定だったけど、目の前で食べているのを見たら、子供は我慢できないよね。

「じゃあ、俺たちも向こうでおやつ食べようか」

「「「うんっ！」」」

「隣のグレートルームにいますので、こちらでゆっくり召し上がってくださいね」

一声かけて、子供たちとダイニングテーブルを囲んで、午後のおやつタイムを楽しんだ。

俺たちが食べ終わるのを見計らったように、ボドワンさんがこちらへ来て言う。

「ニーノさん。冷たいお茶とドラヤキ、ありがとうございました。どれも初めての味で、美味しすぎて、どう表現したらいいのか解りません。気の利いた言葉が言えなくて、申し訳ないです」

「いえいえ。料理人にとっては、笑顔で『美味しい』と言っていただければ、それだけで充分です。あなたの笑顔が見れてよかった」

ボドワンさんを正門の門番小屋まで送っていくと、中で休憩していた御者さんも、大興奮で感謝を伝えてくれた。

「御者の私まで過分なお心遣いをいただき、ありがとうございました！　どれもビックリするほど美味しかったです！」

そこでボドワンさんが口を挟む。

「私もドラヤキ、いただきましたよ。『この世にこんな美味しいものがあるのか』と感動しました。再来週から屋台で売るらしいので、絶対買いに行くつもりです」

「おおっ、それは楽しみだ。私もまた食べたいし、家族にも食べさせてやりたいです」

こうしてクチコミで情報が広がって、たくさんの人が俺の屋台に来てくれるといいな。

夕食後は収穫を兼ねた庭の見回りをして、子供たちと風呂に入って寝かしつけ、亜空間厨房で販売用のクッキー作りだ。

販売用は、四種類のアイスボックスクッキーを百個ずつ。

合計四百枚と、試食用クッキーを大量に焼かなければならない。

生地作りは、【食材鑑定】スキルによる目分量と、魔道冷蔵庫のおかげでかなり時短できる。

魔道オーブンレンジは、見かけは二段調理可能な家庭用大型スチームオーブンレンジで、通常一度に六十枚焼けるんだけど――庫内段数を四倍まで拡張できる謎仕様。

つまり一度に二百四十枚焼けるんだ。

焼き上がりは一瞬だから、オーブンレンジの扉を開閉する回数と、温度と時間を設定してスイッチを押す回数と、クッキーを取り出して扉を閉め、使用前の状態にリセットする回数が減るだけだけど、結構助かる。

ちなみに、クッキーを冷ます工程は、室温くらいの温度と時間を設定してスイッチを押し、天板をオーブン付属の焼き網に自動で差し替えて、少し時間を進めるだけ。

冷めたらアイテムボックスにまとめて収納すればいい。

問題は、袋詰めと箱詰めだよね。

「アイテムボックスに収納したゴブリンから、討伐証明部位と魔石だけを選んで取り出せるんだから、アイテムボックスに収納したクッキーを、ガス袋に入れた状態でまとめて取り出せないかな?」

ダメもとでやってみると、ピンクの和紙のガス袋に一個ずつ入った、ラズベリーとブルーベリーのアイスボックスクッキーが百個出てきた。

「やった! 袋詰めも時短できる!」

ガス袋は、魔道卓上シーラーで、手動で密封しなきゃいけないけど。

アイテムボックスからクッキー入りのガス袋を既定の位置に四個ずつ取り出し、浄化しながら密封して、魔法で空気と窒素ガスを置換する。

箱詰めも袋詰めの要領で、四種類のクッキーを一枚ずつ箱に詰めた状態で、百個まとめて取り出すだけ。

『アイテムボックスに、新しい機能が増えました』

音声ガイダンスが聞こえたので、ステータス画面を確認してみると、【フードプロセッサー】レベル4の後ろにこう書いてあった。

【真空ガス充填包装】レベル１

真空包装、窒素ガス・炭酸ガス・酸素ガス・混合ガス充填包装が自動で行える。

アイテムボックス内の、包装したい食品と容器を指定して実行するだけ。

サイズや種類の異なる食品でも、包装方法と容器の種類が同じなら同時に実行可能。

レベル１の使用回数制限、一日一回。個数無制限。


「これで明日からの袋詰めが、もっと楽になるな」

あとは試食用クッキーを、フードプロセッサーで四種まとめて四等分にカットして、種類ごとに分けて収納するだけだ。

万能アイテムボックスのおかげで、思っていたより早く終わってよかったよ。

翌朝、俺は子供たちを早めに起こし、味噌汁とおむすびメインの朝食を食べて、冒険者ギルドへ向かった。

クッキーの試食販売は、午前五時から三時間程度。

毎朝五時に新規依頼が貼り出されるから、まだ仕事が決まっていない冒険者たちは、五時前にギルドへ来て、掲示板に殺到する。

仕事探しと買い物を手分けして行う冒険者パーティーもいるし。手続きを済ませたあとで買い物をする冒険者も多いから、売店も早朝の二時間くらいが書き入れ時だ。

客足が伸びる時間帯に試食販売すれば、それだけ人目につくだろう。

売店の入口からよく見える場所に設置された試食販売ブースの前で、ドミニク先生が人待ち顔で立っている。

「ドミニク先生、おはようございます！」

「「おはよーございます」」

「おはよーにゃん！」

「おぅ、おはよう。今日から一週間、よろしく頼む。会計は売店のレジで行うから、ニーノたちは試食と商品の説明に専念すればいい。俺は相談窓口にいるから、何かあったら呼んでくれ」

「解りました。一週間、よろしくお願いします」

俺は商品を陳列用のテーブル前方に積み、後方に自前のディスプレイ棚を設置する。

棚の上には、値札をつけたポップスタンドとともに、四種類の個包装したクッキーと、未包装のクッキーを見本として並べていく。

フードプロセッサーで四分の一にカットした試食用クッキーは、小さなトングをつけて分割トレイに入れ、取りやすい場所に置いた。

子供たちにも、クッキーの欠片を入れた四分割トレイを持たせ、これから始める仕事を指示する。

「シヴァは『いらっしゃいませ。クッキーいかがですか』。ラビは『野菜や果物を混ぜた、キラービーの蜂蜜入りクッキーです』。キャティは『どうぞ味見してください。美味しいですよ』って、近くへ来た人にトレイを差し出しながら声をかけてね」

「「はーい！」」

「じゃあ練習してみよう。シヴァから順番にやってみて」

「いらっしゃいませー！　クッキーいかがですかー？」

「やさいやくだものをまぜた、キラービーのはちみついりクッキーです」

「どーじょ、あじみってくだしゃいにゃ！　おいしーでしゅにゃんよー！」

「キャティは言いにくそうだから、『味見してにゃん。美味しいにゃんよ』でいこう。ああ、ちょうど五時だね。こっちを見てるお兄さんたちがいるから、試食を勧めてみて」

「「はぁーい！」」

俺が指し示したほうへ向かった子供たちが、冒険者たちにトレイを差し出して言う。

「いらっしゃいませー！　クッキーいかがですかー？」

「やさいやくだものをまぜた、キラービーのはちみついりクッキーです」

「どーじょ、あじみしてにゃん！　おいしーにゃんよー！」

四人パーティーのうちの一人が、戸惑いながら子供たちに問い返す。

「ねえ。味見って、食べていいってこと？」

「おい、やめとけ。押し売りされるぞ」

「うっかり食べて、金を請求されたらどうするんだ」

「キラービーの蜂蜜入りなんて、すごく高いに決まってる」

三人が焦って小声で最初の一人にとんでもないこと吹き込んでるけど、試食という宣伝方法を知らないなら、こういう反応をされてもしょうがないか。

「小さくカットした試食用クッキーは無料です。押し売りもしませんよ。安心して、話の種（たね）に味見していってください」

「小さいのはタダだって。オレ食べてみる」

「「「じゃあ、オレも」」」

一人が手を出すと、ほかの三人もつられて試食した。

「「「「うっま!!」」」」

「旬の果物や野菜を混ぜ込んだ二種類の生地を組み合わせて、模様を作った焼き菓子です。

ピンクと青紫のマーブル模様が、ラズベリーとブルーベリー。薄い黄緑とオレンジの市松模様は、ズッキーニと赤パプリカ。緑と薄いオレンジの渦巻き模様は、ほうれん草と人参。小麦色と緑の縞模様が、コーンとグリンピース入りです。全部味が違うから、ぜひ食べ比べてみてください」

「四つ全部味見していいの？」

「もちろんです」

「どーじょ」

「おいしいよ！」

「たべてみて♪」

子供たちにも勧められ、冒険者たちが一通り味見する。

「うわっ、ホントに味が違う！」

「全部ウマーッ！」

「歯が折れそうな堅パンと違って、どれもサクサクで美味いよな！」

「オレ、実は野菜が苦手なんだけど、これは野菜入りも美味いな！」

そこで最初に興味を示した冒険者が、見本のクッキーを指差して俺に聞く。

「ねえ。ここに置いてるの、売り物の見本だよね？　全部一個ずつ袋に入ってんの？」

「はい。湿気(しけ)ると味が落ちるので、なるべく長い間品質を保てるよう、一個ずつ特殊な包装をしています。袋から出さなければ、パンより日持ちしますし。一個ずつ包装しているから、持ち運びに便利で、手が洗えない状況でも直接触らずに食べられますよ」

「へぇー。これ、一箱に四種類入ってて銀貨二枚？」

「やっぱ高いなー」

「でも、キラービーの蜂蜜入りで、この美味さだぞ」

「一個が廉価版の激マズ低級ポーションと同じ価格か」

「日持ちするみたいだし。オレ、一個買っとく」

「ありがとうございます。会計は売店のレジでお願いします」

一人が買ってくれたら、迷った末にほかの三人も買ってくれたよ。

一組目のお客さんたちが立ち去ると、女性冒険者パーティーがススと寄ってきて言う。

「ねぇ。ここにあるきれいな焼き菓子、タダで味見できるの？」

「はい。四種類ありますよ。どうぞ」

小さな欠片をトングでつまんで差し出すと、四人が順番に掌で受け取って口に入れる。

「んんっ！　すっごく美味しい！」

「何これ何これ！　美味しすぎるんですけど！」

「王都で買ったビスケットより美味しいじゃない！」

「私、缶入りの甘いビスケットも食べたことあるけど、あれより遥かに美味しいわ！」

女性冒険者たちがよく通る大声でそう言ったから、近くにいた人たちがざわめいた。

「ねえ。あなた、さっきの子たちに、『なるべく長く品質を保てるよう、一個ずつ特殊包装してるから、パンより日持ちする』って言ってたわよね？」

「はい。袋から出さなければ、この味のまま、パンより日持ちしますよ」

「買うわ！　一箱銀貨二枚ね？　五箱ちょうだい！」

「「私も！」」

「ありがとうございます」

女性冒険者パーティーの後ろには、次のお客さんたちが並んでいる。

しかも伝言リレーのようなざわめきが続いているんだ。

「あそこで売ってる焼き菓子、王都のビスケットより美味いんだって」

「マジか!?」

「パンより日持ちするらしいぞ」

「タダで味見できるってさ。食べてみようぜ」

噂が人を呼び、人だかりがさらに人を呼び寄せる。

「いらっしゃいませー！　クッキーいかがですかー？」

「やさいやくだものをまぜた、キラービーのはちみついりクッキーです」

「どーじょ、あじみしてにゃん！　おいしいにゃんよー！」

「ウマーッ！　一箱くれ！」

「「「「オレも！」」」」

「俺は三箱買う！」

「アタシは十箱買うよ！」

中には持ち合わせがなくて味見するだけの人もいるけど、いい装備を身に着けている冒険者たちは羽振りがよく、どーんとまとめ買いするから、あっという間に在庫が少なくなってきた。

焦った俺は、いつの間にか増えていた人だかりに向かって叫んだ。

「すみませーん！　残り二十個になりましたので、ここからは先着順に、一人一箱とさせてください！」

「ええっ、そんなっ！」

「さっきまでまとめ買いしてた奴ら、たくさんいたじゃないか！」

「残り二十個だと!?　ここにいる全員、買えるのか!?」

「一個でもいいから、オレに売ってくれ！」

「コラ、割り込むなよ！」

「んだとゴルァ!?　オレのほうが先だろ!?」

（うわぁ……今にもケンカになりそう。ドミニク先生を呼びに行きたいけど、この状態でここを離れられないし。うちの子たち、子供だけで相談窓口までお使いに行くなんて、さすがに無理だよね？）

途方に暮れていると、見覚えのある淡い茶髪のゆるふわボブ少女が売店に入ってきた。

マナベリーの群生地で、Ｇランク冒険者を引率していたＦランクパーティーの子だ。

「君！『月光の道標（みちしるべ）』のルナちゃん！　大至急、相談窓口にいるドミニク先生呼んできて！」

「了解です！」

ルナちゃんがダッシュで駆け去り、すぐにドミニク先生を連れてきてくれた。

残り二十個を誰が買うかでモメ続けている冒険者たちを、元Ａランク冒険者『鉄壁の魔漢』が一喝（いっかつ）する。

「静まれ！　何の騒ぎだ!?」

さっきまでケンカ腰で大騒ぎしていた冒険者たちが、一瞬で静まり返った。

ドミニク先生が聞き取り調査をした上で、件の冒険者たちに言う。

「今回は行列整理してなかったから、誰が先に来ていたのか、確認のしようがない。残り二十個は、じゃんけんで誰が買うか決めてくれ。クッキーの試食販売は、一週間やる予定だ。今日買えなかった者、もっと買いたい者は、予約すれば、明日確実に買えるようレジで取り置きしておく。販売期間中に仕事で来れない者は、受け取り希望日時を指定してくれ」

冒険者たちはドミニク先生に促され、いったん売店の外に出て、店内まで聞こえる熱のこもったじゃんけんを始めた。

勝った者は嬉しそうにブースに並び、商品を受け取ってレジへ流れていく。

負けた者はドミニク先生が予約を受け付け、伝票の控えを渡している。

俺が最後の購入客の対応をしていると、最後尾に『月光の道標』が並んでいた。

「ニーノさん、ひさしぶり！」

「久しぶりだね、ルナちゃん。ドミニク先生を呼んできてくれて、ほんっと助かった」

「ニーノさんには、脚立(きゃたつ)を貸してもらったし。ババロアもおすそ分けしてもらったもん。これくらいトーゼンだよ。クッキーの味見、まだできる？」

「できるよ。テオくん、サラちゃん、エミルくんも食べてみて。今日の販売は終わったから、全部食べていいよ」

残り少ない試食用クッキーを順番に差し出すと、四人がそれぞれ受け取って口に入れ、嬉しそうに笑う。

「うわっ！　クッキーおいしい！」

「ホントだ！」

「甘くて、サクサクしてるわ」

「だよねー」

　そして四人で顔を見合わせ、しょんぼりと肩を落とした。

「できればわたしも予約しに行きたいけど、さすがにFランク冒険者には、銀貨二枚はきついなぁ……」

「「うん」」

「だよねー」

　この子たちは幼い頃に親を亡くし、冒険者になってギルドの寮に住んでいる。

　夏場の採取は比較的稼げるけど、将来のことを考えると、嗜好品まで買えないだろう。

「今週は朝五時から毎日試食販売してるよ。買わなくていいから、また味見しに来てくれると嬉しいな」

「「「ぜったい来ます！」」」

「あと、来週は屋台でお菓子を売る予定なんだ。クッキーは日持ちするよう特殊な包装をしているから高いけど、屋台のお菓子は相場の値段で売る予定だよ。さっきのお礼に試作品をあげる。ギルドを出てから、朝のおやつかお昼にでもみんなで食べてね」

　こっそり囁きながら箱入りの試食用どら焼きを渡すと、四人の顔に笑みが浮かんだ。

「「「ありがとう！」」」

　少年少女たちが別れを告げて立ち去り、噂を聞いてあとからやってきた冒険者たちが、ためらいがちに声をかけてきた。

「すみません。キラービーの蜂蜜が入った、すっごく美味しい焼き菓子を売ってるって聞いて来たんですけど……もう終わりですか？」

「今日の販売分は終わりましたが、今週は毎日朝五時から試食販売します。向こうで予約もできますよ」

まだ並んでいる人がいるのを見て、彼らも予約の列へ走っていく。

俺は店仕舞いして、ドミニク先生の手がすくのを待って声をかける。

「お疲れ様です、ドミニク先生。さっきは助かりました。ありがとうございました」

「おお、ニーノもお疲れさん。こんなに早く売り切れるなら、もっと用意しておけばよかったな。これから明日の予定を話し合おう。一緒に来てくれ」


俺たちはいったん受付に寄って、『完売した』とギルドマスターへの伝言を頼み、ミーティングルームへ移動した。

自前のキッズチェアを並べ、今日の席順を決めていると、ギルドマスターとソフィアさんが入室する。

「ニーノ。クッキーの試食販売は、初日から大盛況だな。まさか一時間で百個売り切れるとは思わなかったぞ」

「事前告知なしだからと、試食販売の宣伝効果を甘く見ていました。明日からは行列を整理する人員も手配します」

「ありがとうございます。子供たちが呼び込みでしゃべり通しだったので、飲み物を出していいですか？」

「ああ、構わん」

　許可が下りたので、ストロー付きの紙コップに入ったレモネードを配っていく。

「みんな、喉乾いたでしょ。でも、一気にたくさん飲んだらあとで困るから、一口飲んだら休憩して、ゆっくり時間をかけて飲むんだよ」

「「はーい！」」

「よかったら、皆さんもレモネードいかがですか？」

「レモネード？」

「なんだそれは？」

「初めて聞きました」

「レモンという柑橘を輪切りにして、砂糖と蜂蜜に漬けたシロップを水で割った、喉にいい飲み物です。しゅわしゅわ泡立つ炭酸水で割ると、レモンスカッシュです。レモンスカッシュもありますよ」

そこでドミニク先生が、ふと思い出したように言う。

「そういやアルマンが、『初心者講習でニーノたちを薬草園に連れて行ったとき、酔い止めのしゅわっとする美味い飲み物を渡された』とか言ってたな」

「あれは緑茶っていう、薬膳茶を炭酸水で割ったものです。緑茶ソーダはすっきりした味で美味しいですが、レモンスカッシュは甘酸っぱくて美味しいですよ」

「じゃあ俺はレモンスカッシュで」

「俺もそれをもらおう」

「では、私はレモネードを飲んでみます」

冷たい飲み物を配ると、ドミニク先生たちも一口飲んだ。

「なんだこりゃ！　ホントにしゅわっとして、めちゃくちゃ美味い！　氷入りでよく冷えてるから、屋台で飲む搾りたての温いジュースとは比較にならねぇ美味さだぜ！」

「ああ。冷たくて、しゅわっとして、酸味と甘みのバランスが絶妙に美味い！」

「レモネードも冷たくて、ほんのり甘くて、爽やかな酸味があって美味しいです！」

屋台のジュースは飲んだことないけど、冷たさを強調したくなるほど温いんだね。

氷入りのドリンクを売ったら喜ばれるかな？

「いやー、レモンスカッシュが美味すぎてつい脱線したぜ」

「そうだな。試食販売の話をするために集まったんだった」

「今日は売店の客足が多い時間帯に売り切れて、買い損ねた者たちの予約が六十個くらい入ってるんだ」

　ドミニク先生の報告を受け、ギルドマスターが俺に問う。

「ニーノ。明日は予約分とは別で、商品を倍に増やせるか？」

「それは問題ありませんが、自宅で採れる食材は収穫量にばらつきがあるので、一週間同じ食材で大量に作り続けるのは難しいかもしれません。試食販売するクッキーの種類を減らして、日替わりにしませんか？」

　俺の提案に、ギルドマスターが首を傾げて聞き返す。

「……つまり、二種類ずつ交互に売るってことか？」

「いえ。四種類入りで売り出したアイスボックスクッキーを、二回に分けて売るのはどうかと思います。クッキーにはすごくたくさん種類があるので、予約分とは別に、明日はまったく違うクッキーを作って、試食販売したいです」

「それでは、今日試食販売があったことを知らなかった者たちから、苦情が出るのではないか？」

「今日のクッキーも追加販売分を用意しますが、明日は新作のみ試食販売するんです」

　そこでドミニク先生がニヤリと笑みを浮かべて言う。

「日替わり試食販売、いいんじゃねぇか？　毎日違うクッキーが試食できるなら、みんな大喜びで通うだろうぜ。人が集まれば宣伝になる」

「そうですね。冒険者たちは宿の酒場や屋台広場で、『今日はこんなクッキーを食べた。明日はどんなクッキーだろう』と噂するはず。同じクッキーの試食販売を続けるより、日替わりのほうが宣伝効果が高いでしょう」

ドミニク先生とソフィアさんの意見に、ギルドマスターが頷く。

「うむ。クッキー目当ての客が増えそうだな。売店に来た客が中へ入れん事態になるのはさすがに困るし。いっそ売店の外に臨時売店のワゴンを設置したほうがいいかもしれん」

「臨時売店のワゴン……ですか？」

「ああ。ニーノは知らんのか。ルジェール冒険者ギルドでは、毎年春と秋の昇格試験シーズンに合わせて、魔術や武術、馬術の競技会を開催していて、その時期だけ、本館ロビーや訓練棟の休憩所、屋外にある馬場の近くで臨時売店を出しているんだ」

「臨時売店のワゴンには、ギルドカードで引き落としできるレジが付いています。専属のレジ係を手配しますので、もし今日みたいな騒ぎが起きても対応しやすいですよ」

「では、明日からは売店のそばに臨時売店のワゴンを設置し、試食販売を行うクッキーは日替わりとする。明日は新作クッキー二百箱と、今日の予約分のクッキーと、追加販売用クッキーを可能な範囲で多めに用意してくれるか、ニーノ」

「はい。あともう一つ提案があります。銀貨二枚のクッキーだけだと、低ランクの冒険者は買いたくても買えません。砂糖もキラービーの蜂蜜も使わない、塩味の全粒粉クッキーを、一袋四枚入り半銀貨一枚で販売したいです」

「「全粒粉クッキー？」」

首を傾げたのは、最初の試食会にいなかった二人だ。

「ドミニク先生には以前説明しましたが、俺がクッキーに使っている白い小麦粉は、小麦の表皮や胚芽を取り除き、胚乳だけを製粉しています。俺が生まれ育った国では、それが一般的な小麦粉で、小麦を丸ごと挽いたものを全粒粉と呼んでいます」

「なるほど。小麦粉を全粒粉に代えて、製造原価を下げるんだな？」

「価格を下げるためでもありますが、小麦の風味が強くて香ばしい全粒粉クッキーも、素朴で美味しいですよ」

「全粒粉クッキーを食べたことがないから、どのくらい売れるのか見当もつかんな」

「屋台販売用の、全粒粉を使ったベビーカステラの試作品ならありますよ。よかったら味見してみてください」

「ほう。香(こう)ばしくてなかなか美味いな」

「ニーノが作る菓子にしてはシンプルだが、一口サイズで食べやすく、飽きのこない味だから、つい何個もつまんでしまいそうだぜ」

「これ、屋台でヒットしそうですね」

「ベビーカステラはキラービーの蜂蜜を少し使っていますが、塩とスパイスシードで味つけしたクッキーも美味しいですよ」

「ふむ。では、明日ニーノが作れる範囲で用意して、試しに売ってみてくれ」

ギルドマスターの承諾を得て、俺は自信を持って応じる。

「解りました。美味しいクッキーをたくさん作ってきますから、期待していてください」


お菓子の販売に自信がついた俺は、商人ギルドで来週から一週間、屋台区画のみのレンタル契約を結び、養鶏場と牧場に寄って卵と牛乳を買い、定期購入契約をして帰宅した。

「まずは庭を見回って、食べ頃の野菜や果物を収穫しておくか。夏野菜は成長が早いから、こまめに収穫しないとね」

散歩がてら子供たちと庭巡りして屋内に入り、亜空間厨房のドアを開く。

「これから朝のおやつにする、甘くないクッキーを試作するよ」

「にくのクッキー!?」

前に『甘くないお菓子』と言ってミートパイを出したから、シヴァが期待しちゃったよ。

「残念。お肉じゃなくて、小麦粉と、粉にしたアーモンドと、粉チーズと、牛乳、卵、塩、オランジェリーで収穫したスパイスシードとカラーパプリカで作るんだ」

強力全粒粉クッキーにサクッとした食感を出すため、今回は生のアーモンドを粉末にした、アーモンドプードルをブレンドすることにした。

これを焼き菓子にブレンドすると、香ばしくてコクのある仕上がりになるんだ。

粉チーズは、長期熟成したハードタイプのチーズを粉末にする。

水分の少ない長期熟成チーズを作るには、レンネットという凝乳酵素が必要だ。

動物性のレンネットは、離乳前の子牛か子山羊か子羊を屠殺して、その胃袋から採取しなきゃいけない。

でもこのお屋敷には、レンネットを抽出できる植物がいくつかあるから、植物性のレンネットを使ったよ。

自作したチーズは、亜空間厨房の魔道具であっという間に発酵し、三年ほど時間を進めて熟成した。我ながら美味しい粉チーズができたと思う。

材料を混ぜて作った生地は、魔道冷蔵庫で六十分時間を進めて寝かせた。

「全粒粉クッキーは個包装しないから、つまみやすいスティッククッキーにするか」

打ち粉を振るって一センチ幅に切り、クッキングシートを敷いた天板に並べ、胡椒代わりのスパイスシードと塩を振る。

子供たちの分は、塩とスパイスを控えめにしておいた。

あとは魔道オーブンに入れ、百八十度、十五分に設定して、スイッチを押すだけ。

「栄養たっぷり、全粒粉スティッククッキー、パプリカチーズ味、完成！　試食してみよう！」

「「「わぁい！」」」

　みんな揃って「いただきます」して、麦茶をお供におやつタイム。

「ぅわんっ！　チーズのあじだ！」

「しょっぱくて、おいしーにゃん」

「うんっ♪　あまくないクッキーもおいしー！」

「塩とスパイスを効かせたチーズ風味のクッキーは、スナック菓子感覚で食べられるよね。子供のおやつにも、大人のお酒のおつまみにもなるし。男性冒険者には、甘いクッキーよりこっちのほうがウケるかも」

　おやつ休憩したあとは、ジャムづくりに取り掛かる。

　俺はフードプロセッサーで皮を剥いたオランジェールを取り出した。

「ぅわん！　オランジェールだ！」

「おいししょーにゃん」

「こんどは、なにつくるの？」

「明日売るクッキーに挟むオランジェールジャムだよ。皮を入れて作った『マーマレード』も美味しいけど、今回は皮で作りたいものがあるから、果肉（なかみ）だけジャムにするんだ」

「「へぇー」」

「かわは、どーしゅるにゃん？」

「いい香りがするオランジェールオイルや、オランジェールピールを作るよ」

明日販売する蜂蜜入りクッキーには、キラービーの蜂蜜を使った、オランジェールジャムと、ラズベリージャムを挟むんだ。

クッキーは梅の抜き型で花形にして、挟んだジャムが見えるように、上に載せるクッキーは真ん中に丸い穴を開けたよ。

出来上がったのは、オレンジ色の花芯（かしん）の花形クッキーと、赤い花芯の花形クッキー。

「おはなのクッキーだ♪」

「かわいいにゃん！」

花が好きなキャティとラビがすっごく喜んだ。

4．甘いクッキーと甘くないクッキー

試食販売二日目の朝。冒険者ギルドの売店前に、臨時売店のワゴンが設置されていた。

ワゴンのそばには、ドミニク先生が若い男女とともに立っている。

「おぅ、ニーノ。待ってたぞ」

「おはようございます。そちらの二人が、今日手伝ってくれるスタッフですか？」

「ああ。こっちがレジ担当のコレット。こっちが行列整理担当のロランだ」

「「おはようございます。よろしくお願いします」」

「こちらこそ、よろしくね。俺はEランク冒険者で、クッキーを作った料理人のニーノ。この子たちは、俺のパーティーメンバーだよ」

「おはようございます！　シヴァです！　よろしくおねがいします！」

「おはようございます。ラビです。よろしくおねがいします」

「おはようにゃん！　キャティにゃん！　よろしくにゃん！」

子供たちも元気に挨拶して、可愛い笑顔を振りまいた。

「じゃあまたあとでな。試食販売が終わったら、相談窓口へ報告してくれ」

ドミニク先生がそう言って受付窓口のほうへ立ち去り、ロランさんが、売店の周囲にたむろしている冒険者たちに声をかける。

「五時からクッキーの試食販売を開始します！　売店の入口を塞がないよう、こちらに並んでください！」

コレットさんはレジを確認し、俺は移動売店のワゴンに商品を陳列していく。

今日の販売物は三種類。

アイスボックスクッキー、白い箱に四種×一枚入り。予約分込みで二百個。

ジャムサンドクッキー、ピンクの箱に二種×二枚入り、二百個。

全粒粉スティッククッキー・パプリカチーズ味。赤い袋に四本入り、二百個。

まとめ買いするお客さんが結構多いから、NINO（ニーノ）のロゴ入り紙袋も用意したんだ。

俺は子供たちに試食用トレイを渡して、セリフの練習をさせ、五時ちょうどに試食販売を開始した。

「パプリカチーズあじのクッキー、いかがですかぁー？　しおとスパイスをつかった、あまくないクッキー、よんほんいり、はんぎんかいちまいでぇーす！」

「キラービーのはちみつをつかった、あまずっぱいオランジェールジャムと、ラズベリージャムをはさんだ、ジャムサンドクッキーいかがですか？　よんまいいり、ぎんかにまいです！」

「どーじょ！　あじみはタダにゃん！　おいしーにゃんよー！」

子供たちが試食用クッキーを勧めて回ると、野太い歓声が次々と上がる。

「うめぇぇー！　甘くないクッキー、めちゃくちゃうんめぇぇー！」

「こんなうめぇもん食ったの、初めてだぜ！」

「形はこっぱずかしいけど、ジャムサンドクッキーもうめぇぇー！」

「中に挟んであるジャムの、さわやかな酸味とまろやかな甘味がたまらん！」

「あたし、オランジェールなんて初めて食べたよ。美味しいんだね」

「美食のダンジョンで食べた生のオランジェールは、もっと水気が多くて甘味が薄かったよ。喉乾いてるときは生がいいけど、断然ジャムのほうが濃厚な味で美味しい！」

「ラズベリージャムも、生やドライフルーツより甘くて美味しい！」

「「「しかも、花みたいな形でカワイイ～！」」」

男性には甘くないクッキーが人気で、女性にはジャムサンドクッキーがウケている。

「甘くないクッキー、四つくれ！」

「俺は全種類一つずつだ！」

「アタシは甘いクッキー二種類を十箱ずつと、甘くないクッキーを四袋買うよ」

「わたしは、甘いクッキー二種類を八箱ずつと、甘くないクッキー四袋ね」

昨日買ってくれた太っ腹な冒険者たちも、また買いに来てくれたよ。

予約してくれたお客さんは、新作も一緒に買ってくれる。

まとめ買いする人が多いから、どんどん売れていく。

「おはよう、ニーノさん。昨日はありがとう。アレ、すっごく美味しかった！」

そう挨拶してくれたのは、『月光の道標』のルナちゃんだ。

「さっきみんなで味見させてもらったけど、新作クッキー、両方とも美味しかったよ。四人で半銀貨一枚なら出せるから、わたしが代表で買いに来たの」

「ありがとう。明日も違うクッキーを試食販売するよ。ぜひ味見しに来て」

「うん！　楽しみにしてるね！」

まとめ買いしてくれる太っ腹なお客さんも有難いけど、少年少女たちが少ない収入をやりくりして、嬉しそうに買いにきてくれると、こっちまで嬉しくなるよ。

でもそれに浸っている暇もなく、ロランさんが慌てて報告に来た。

「ニーノさん！　今最後尾が百五人目です。あと在庫どのくらいですか？」

「ええっ!?　もう半分くらいなくなってます」

商品の数を倍にしたから、今日は大丈夫だろうと思っていたけど――予想以上にお客さんが来てくれてビックリだ。

「ここから先は、一人一種類につき一個までに制限します。甘くないクッキーだけ買いたい人と、新作クッキーだけ買いたい人、甘いクッキーだけ買いたい人、全種類買いたい人に列を分けてカウントしなおしてください！　俺は正確な残数をカウントするので、コレットさん。レジとお客様の対応をお願いします」

「ニーノさん。お客様が、『もっと欲しいので、明日の受け取りで予約したい』とおっしゃってますが、受けていいですか？」

「はい。予約は個数制限なしで受けてください」

幸いこの時点で品切れは出なかったけど――行列をストップしても、予約のために並ぶ人が続出したんだ。


新規予約の受付が終わり、昨日の予約も日時指定がないものはすべて引き渡したので、またしても予定より早く店仕舞いすることになった。

「コレットさん。ロランさん。今日はありがとうございました。これ、クッキーの詰め合わせです。よかったら食べてください」

「ええっ、いいんですか？　嬉しい！　食べてみたかったんです」

「俺も。すごい人気だから、気になってたんです。ありがとうございます」

手伝ってくれた二人にクッキーの詰め合わせを渡し、俺は子供たちを連れて相談窓口へ試食販売終了の報告に向かう。

　受付嬢にミーティングルームへ案内され、少し遅れてギルドマスター、ソフィアさん、ドミニク先生が連れ立ってやってきた。

「おぅ、ニーノ。今日も試食販売は盛況だったようだな」

「新作はどんなクッキーだったんだ？　あとで俺も買いに行く予定だったのに、ピーク時間内に売り切れてガッカリだぜ」

　ドミニク先生が悔しそうに呟いたので、俺はアイテムボックスから新作クッキーを取り出して、テーブルの上に置く。

「こちらが新作のサンプルで、ピンクの箱が、オランジェールジャムサンドクッキーと、ラズベリージャムサンドクッキーです」

「オランジェールとラズベリーは解るが、ジャムってのはなんだ？」

　ドミニク先生たちは、誰もジャムを知らないようだ。

「ジャムっていうのは、果物の果肉を潰し、砂糖類や蜂蜜と一緒にとろとろになるまで加熱したものが、冷めてゼリー化――つまり、水分を含んでぷるぷるの状態になった、生の果物より腐りにくい保存食品です。そしてこちらの赤い袋が、甘くないクッキー。粉チーズと、塩とスパイスシードとパプリカで味つけしています」

「「「粉チーズ？」」」

「牛のミルクを固めて、発酵させて使った保存食品を、粉末にしたものです。人数分用意したので、食べてみてください」

俺はそう言って全員の手とテーブルを浄化し、冷たいアールグレイとともに、先生たちと自分に配った。

子供たちはオランジェールピールをブレンドしたルイボスティーと、薄味の甘くないクッキーと、甘いクッキー二種類を一袋ずつだ。

「「「いただきます」」」

俺たちが甘くないクッキーに手を付けると、先生たちも小袋を開けた。

「甘くないクッキーは、細長いんだな」

「ふむ。四本入りも、工夫すれば直接触れずに取り出しやすく、食べやすい形だな」

ドミニク先生とギルドマスターがクッキーを観察し、おもむろに一口齧る。

「「うんめぇぇぇぇぇーっ！」」

「二人とも、羊になってますよ」

苦笑しながら食べたソフィアさんも、驚いた顔で叫ぶ。

「なんですか、これ!?　こんな味、初めてです！　美味しすぎます！」

「でしょう?　おやつにも、酒のつまみにもいいですよ」

「「言われてみると、エールが飲みたくなる味だ」」

「確かに」

そしてギルド職員三人が、揃って口直しにアイスティーを飲んだ。

「「うまー！」」

「こっ、これはなんですか!?」

「アールグレイと呼ばれている、ベルガモットという柑橘の香りをつけた紅茶です」

「これ、紅茶なんですか!?」

「以前、エルネストのレストランで飲んだ紅茶より美味いな」

「美味すぎるぜ、アールグレイ！　すごく高価な茶葉なのか!?」

ドミニク先生の問いに、俺は苦笑しながら答えた。

「普通の茶葉ですよ。紅茶は淹れる人によってかなり味が変わりますし。チーズともジャムとも相性のいい銘柄（めいがら）を選んだんです。ジャムサンドクッキーも食べてみてください」

勧められるまま、ジャムサンドクッキーを取り出した面々が感想を漏らす。

「まあ……！　可愛い！」

「花の形のクッキーか」

「真ん中の、オレンジ色のとろっとしたのがオランジェールジャムで、赤いのがラズベリージャムだな？」

「はい。ジャムはお菓子の材料にもなりますが、パンに塗って食べることが多いですね。

温かい紅茶やハーブティーに入れても美味しいですよ。飲み物に入れるなら、皮を甘く煮て乾燥させたオランジェールピールもお勧めです」

「皮？　オランジェールの皮を煮て食べるのか⁉」

「ええ。お菓子や料理、飲み物の風味づけに使うことが多いですが、お茶請けにしても美味しいので、よかったら、クッキーを試食したあとでつまんでみてください」

「そうだな。まず、ジャムサンドクッキーから試食してみよう」

三人が示し合わせてクッキーを口に入れ、歓声を上げる。

「「うめぇぇぇーっ！」」

「サクサクの香ばしいクッキーに、甘酸っぱくて濃厚な味のジャムがマッチして、とても美味しいです！　確かにこのジャム、焼きたてのパンにも合いそうですね」

「日にちが経ったライ麦パンは、刃物で思いっきりかち割らなきゃ切れないほど硬くなるから、ふやかさないと食えないけどな」

（えええぇー、なにそれ。ドミニク先生、冒険者時代はそんな硬いパン食べてたの？）

驚愕（きょうがく）する俺の向かいで、先生たちがうっとりため息をつく。

「はぁ……やっぱりニーノの菓子は、どれも最高だな」

「こんなに美味しいなら、すぐ売り切れるのも納得ですね。それに、このオランジェールピールも、『食べられない』と思って捨てていた皮なのに、とても美味しいです」

「うむ。これもアールグレイとよく合うな。ところでニーノ。今日の販売状況や気づいたこと、改善案などがあれば聞かせてくれるか」

ギルドマスターに促され、俺は今日あった事を報告する。

「半銀貨一枚で買える商品を追加したことで、試食だけで帰る客が減りました。低ランクの若い冒険者や男性には、甘くないクッキーが人気です。男性は、甘くないクッキーだけを買う人と、新作を両方買う人が半々くらい。女性は必ず甘いクッキーを両方買いますね。あと、いい装備を身に着けている冒険者は、全種類をまとめ買いする人が多くて、在庫が半分くらいになった時点で、慌てて『おひとり様、一種類につき一個』と制限して、昨日同様、予約を受け付けることになりました」

そこでドミニク先生が口を挟む。

「途中から個数制限するより、最初から制限をかけたほうがいいんじゃねぇか？　俺以外にも、『休憩時間に買いに行くつもりだったのに、売り切れて買えなかった』とこぼしていた職員が結構いるぞ」

「転売目的で大量買いする人もいるかもしれません。気をつけたほうがいいですよ」

「ソフィアの言う通り、これだけ人気だと、転売して稼ごうとする者が出てくるだろう。それを防ぐために、明日からは予約も受けない方針で行くべきかもしれんな」

三人とも、開始時からの数量制限と売り切れ御免で、意見が一致しているらしい。

「用意する商品の数はニーノに任せる。それに合わせて一人当たりの販売数を制限し、明日はなるべく職員が休憩できる時間帯まで持たせてくれるか」

「解りました。ご期待に添えるよう頑張ります」

「では、明日もよろしく頼む」

ギルドマスターの締めの言葉で、報告会はお開きとなった。


養鶏場と牧場に寄って帰宅した俺は、日課の庭仕事を終え、新作クッキーの試作に取り掛かる。

「アーモンドがたくさんあるから、蜂蜜入りクッキーは、フロランタンにしよう」

フロランタンは、天板に敷き詰めて空焼きしたサブレ生地に、キャラメルコーティングしたスライスアーモンドをぎっしり載せて焼いた、フランスの伝統菓子だ。

ローストしたアーモンドにコーティングするキャラメルは、グラニュー糖・蜂蜜・水飴の三種類を使う。

「グラニュー糖は秋まで作れないから、今回は召喚食材で間に合わせるか」

水飴は、亜空間厨房で玄麦を瞬間発芽させ、麦芽(ばくが)とコーンスターチで自作したよ。

「キャラメルアーモンドに、ドライフルーツを混ぜても美味しいよね」

温度と加熱時間を設定し、スイッチを押して焼きあがったら、粗熱を取って、温かいうちに食べやすい大きさにカットする。

「フロランタン、二種類完成！　試食してみる？」

「「「うんっ！　いただきまーす！」」」

一口食べた途端に、子供たちの美味しい笑顔が弾けた。

◇◆◇

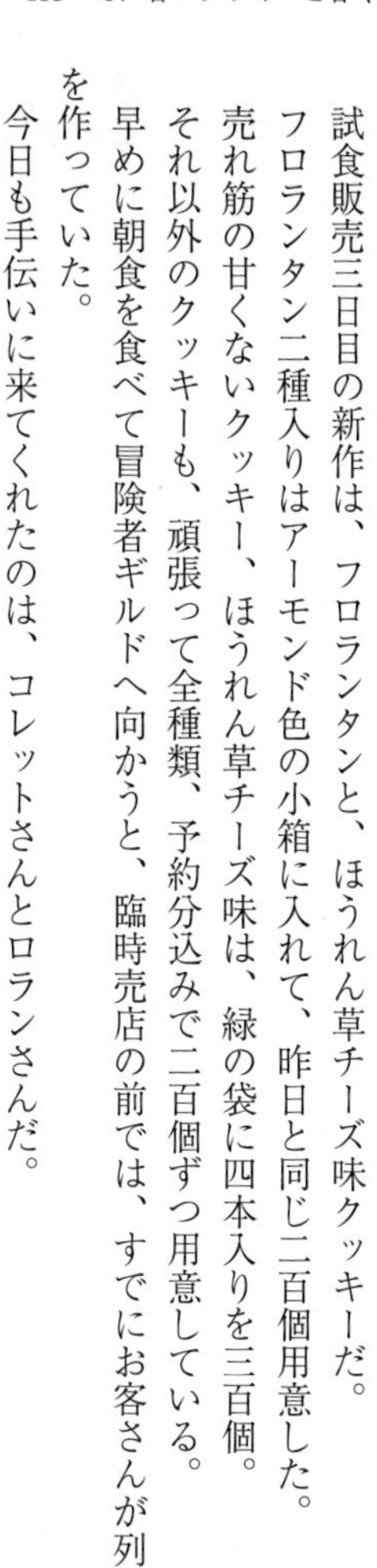

試食販売三日目の新作は、フロランタンと、ほうれん草チーズ味クッキーだ。

フロランタン二種入りはアーモンド色の小箱に入れて、昨日と同じ二百個用意した。

売れ筋の甘くないクッキー、ほうれん草チーズ味は、緑の袋に四本入りを三百個。

それ以外のクッキーも、頑張って全種類、予約分込みで二百個ずつ用意している。

早めに朝食を食べて冒険者ギルドへ向かうと、臨時売店の前では、すでにお客さんが列を作っていた。

今日も手伝いに来てくれたのは、コレットさんとロランさんだ。

挨拶を交わして商品を陳列し、五時ジャストに試食販売を開始する。

「ほうれんそうとチーズのクッキー、いかがですかぁー？　しおとスパイスをつかった、あまくないクッキー、よんほんいり、はんぎんかいちまいでぇーす！」

「キラービーのはちみつをつかった、フロランタンはいかがですか？　サクサクしたクッキーきじに、あまいキャラメルアーモンドをのせたやきがしです。よんまいいり、ぎんかにまいです」

「どーじょ！　あじみはタダにゃん！　おいしーにゃんよー！」

子供たちが並んでいる人たちに試食を勧め、野太い歓声が辺りに響く。

「うめぇえー！　なんじゃこりゃ！　こんなの初めて食べたぜ！」

「すっげぇサクサクでパリパリだ！　アーモンドって、こんなに美味かったか？」

「オレ、塩炒りアーモンドが好物だったけど、キャラメルアーモンドはもっと好きだ！　病みつきになりそう！」

「ほうれん草とチーズのクッキーもうめぇぇぇ！　こんな美味いもの食べちまったら、もうクソまずい歯が折れそうな堅焼きパンなんて食えねぇよ！　全種類四個ずつくれ！」

「こっちは甘くないクッキーを十個ずつだ」

「すみません。今日からお一人様一種類につき一個までとさせてください」

商品の種類が増えているから、ほとんどの冒険者たちには、大きな混乱はなかった。

でも、爆買いしてくれていた冒険者たちは大ブーイング。

「なんでだよ！　昨日までは、もっとたくさん買えたのに！」

「個数制限される前にたくさん買うつもりで、早めに来て並んだんだぞ！」

「アタシは今、甘いクッキーを食べるのが一番の楽しみなのに！」

「「「甘いクッキー、もっと売ってぇぇぇ！」」」

「申し訳ございません。販売開始時から、個数制限するのがギルドの方針で……」

さすがにギルドの方針と言えば、渋々引いてくれたが。

「おい。今のヤツ、昨日までのクッキーを五個ずつ買ってってたぞ！」

「狡いじゃないか！」

個数制限している中で、たくさん買う人がいたら目立つよね。

「あれは昨日の予約分です」

「予約すればたくさん買えるのか？」

「いえ……昨日は行列の途中から個数制限したので、不公平だから予約を受けたんです。冒険者ギルドの方針で、今日から予約は取らないことになりました」

チッと舌打ちされたけど、ギルドの方針に逆らってまでゴネるつもりはないようだ。

二時間ほどで波が引くように冒険者たちがいなくなり、客層がギルド職員に変わった。

「ニーノさん。おはようございます」

笑顔で挨拶してくれたのは、いつも依頼受注窓口でお世話になっている受付嬢だ。

「パメラさん。おはようございます」

「本当は昨日も来るつもりだったけど、休憩時間が来る前に終わっていたんです。今日はまだやっていてよかった」

「足を運んでいただき、ありがとうございます。よかったら、フロランタン二種類と、ほうれん草とチーズの甘くないクッキー、試食してください」

　フロランタンを一つ試食したパメラさんは、驚きに目を見開いて叫んだ。

「えっ!?　なにこれ！　すごく美味しい！」

「生のスライスアーモンドをローストして、キャラメルっていうやわらかい飴みたいなものでコーティングして、サブレっていうサクサクのクッキー生地に載せて焼いたお菓子です。こっちは、ドライベリー入りですよ」

「ドライベリー入りのフロランタンも美味しいです！　甘くないクッキーも、不思議な味で美味しい！　チーズというのはなんですか？」

「牛のミルクを発酵させて作った保存食品です」

「こんなの初めて食べました。全種類ください」

「ありがとうございます」

　パメラさんに続いて、ほかの受付嬢や、査定でお世話になった専門スタッフ、事務員らしき人たちが入れ代わり立ち代わりやってきた。

初心者講習を担当してくれたアルマン先生も来てくれたよ。

「久しぶりだな、ニーノ。元気にやってるか？」

「ええ。お陰様で。採取専門の冒険者と料理人、二足の靴を履いて頑張ってます」

二足の草鞋(わらじ)って言ったのに、言語翻訳スキルが勝手に類似語に変換しちゃったよ。

「ここにあるクッキー、味見できるんだろ？　どれ」

まず甘くないクッキーを摘まんだアルマン先生は、両の拳を握り締め、目をかっ開いて雄叫(おたけ)びを上げる。

「うぉぉぉー！　うまーい!!　こっちのいろいろ載ってるヤツもうまーい!!」

叫び声につられたように、ドミニク先生や、先生と同年代の、引退した冒険者っぽいメンズがわらわら試食に群がってきた。魔術や武術の講師かな？

「「「「「うまーい！」」」」」

全員、全種類お買い上げありがとうございます。

おかげで、今日はちょうどいい具合に、予定していた三時間で売り切れた。

販売終了後、俺たちはいつものように、ミーティングルームで、新作クッキーの試食がてら報告会を行った。

「ニーノ。今日はギルド職員もクッキーを買えて、みんな喜んでいたぞ」

「やはり、一人当たりの販売数を制限して正解でしたね」

「はい。一部不満を訴える人はいましたが、ギルドの方針と言えば引いてくれました」

ドミニク先生とソフィアさんにそう返すと、ギルドマスターが満足げに頷く。

「うむ。明日もこの調子で頑張ってくれ」

「はい。今日も試食用のサンプルと飲み物を用意しているので、よかったら召し上がってください。大人はアイスコーヒーです。子供は氷入りの冷たい牛乳ね」

浄化魔法をかけて飲み物とお菓子を配ると、子供たちが嬉しそうに笑って言う。

「おれ、きょうのあまいクッキーも、あまくないクッキーもだいすき！」

「キャティもにゃん！」

「ぼくも♪」

「俺もさっき試食したが、アーモンドをキャラメルでカリカリにコーティングしたフロランタンは、ビックリするほど美味かったぜ」

「それは楽しみだ」

「ギルマスも私も、試食販売に顔を出す時間が取れなかったので、サンプルの試食を楽しみにしていたんです」

「「いただきまーす！」」

子供たちに続いて、ドミニク先生たちもフロランタンに手を伸ばす。

「まあっ！　変わった食感のアーモンドが、パリパリで美味しい！」

「これもまた、未だかつて食べたことのない、衝撃的な味だな」

「甘くて香ばしいフロランタンと、ほろ苦いアイスコーヒーがよく合うぜ」

「うむ。冷たいコーヒーも美味いな」

「冷たいからでしょうか。以前飲んだホットコーヒーと、少し味が違うような……」

「鋭いですね。これはモカという銘柄のコーヒーで、前回のものと産地や焙煎(ばいせん)具合が違います。甘いお菓子にはブラックがお勧めですが、ミルクやシロップを入れたコーヒーも美味しいので、お菓子を楽しんだあと、お好みで入れてみてください。まったく違う味わいになりますよ」

そうして、新作の『ほうれん草チーズ味クッキー』の試食となった。

「甘くないほうれん草入りのクッキーも美味いぞ」

「ええ。葉野菜の苦みやえぐみを感じませんね。すごく美味しいです！」

「甘いコーヒーはどんな味なのか気になるぜ」

ドミニク先生がシロップを追加し、ソフィアさんとギルドマスターもあとに続く。

「うおっ！　甘いコーヒーも意外と美味い！」

「まあっ！　こんなに味が変わるの!?」

「同じコーヒーとは思えんな」

「ミルクも入れてみよう。おおっ！　また味が変わった！」

「確かに別モンだ！」

「私は、ミルクとシロップを入れたコーヒーが一番好きです！」

「俺は甘い菓子と一緒なら何も入れないのが好みだが、コーヒーだけならミルクとシロップ入りも好きだ」

「うむぅ。菓子もコーヒーも最高だな」

　全員、大絶賛だ。

「ところで……来週から一週間、屋台のレンタル契約をしているんですが。俺と子供たちだけでは手が足りないかもしれません。冒険者ギルドに助っ人を依頼するには、どんな手続きが必要ですか？」

　俺の質問にソフィアさんが答えてくれた。

「通常依頼専用窓口で手続きして、掲示板に張り出しますが、即戦力になるほうがいいでしょう。日当は高めですが、コレットとロランは臨時売店スタッフの経験が長いベテランです。一週間延長できるか聞いてみます」

　高いと言っても、提示された金額は、催事アルバイトの日給くらいだ。

二人が手伝ってくれたら安心だし。スケジュールが合うと良いな。


帰宅後、俺は新作クッキーの試作に取り掛かった。

「エディブルフラワーが庭にたくさん咲いているから、今日はそれを使ってみよう」

エディブルフラワークッキーは、結婚式のギフトやお祝いに使われることが多いんだ。

今回は、ディアン（ナデシコもどき）、ラベンダー、バーベナ、フロックスの花を使う。

強力粉にはアーモンドプードルをブレンドして、自家製の無塩バターは、砂糖の代わりにキラービーの蜂蜜を混ぜる。

卵白は花を飾るときに使うから、生地に使うのは卵黄（らんおう）だけ。

全卵を使ったクッキーは少しカリッとした食感で、卵黄だけだと口の中で崩れるサクサクほろほろの食感になり、コクがあって美味しいんだ。

クッキーの表面にアイシングを塗って花を載せると綺麗に仕上がるけど、今はまだ砂糖を作れないから、卵白でツヤを出すだけの素朴なクッキーにするよ。

筒状にしたクッキー生地を魔道冷蔵庫に入れて時間を進め、一個分の大きさに切り分けていく。

それをオーブンで焼くんだけど、焼き色を付けたくないから、天板にシルパンを敷き、上からも被せておいた。

シルパンっていうのは、グラスファイバーにシリコンコーティングした、プロ御用達のオーブンマット。クッキングペーパーやアルミホイルを使うよりきれいに焼き上がるし。何度も洗って使えるんだ。

さらに鉄板ではなく、熱伝導率が高い銅板を使えば完璧だね。

百七十度で、少し短めの焼き時間を設定し、魔道オーブンのスイッチを押す。

クッキーを取り出して卵白を塗り、色とりどりの花を載せ、さらに三分焼くと、花が色褪せることなくきれいに仕上がった。

「エディブルフラワークッキー、完成！」

「うわんっ！　はなのクッキーだ！」

「しゅごーい！　きれいにゃん！」

「おはなのクッキー、かわいい♪」

「早速、味見してみよう」

「「「うんっ！」」」

子供たちはルイボスティー。俺は紅茶で優雅にティータイム。

「「「おいしー！」」」

子供たちの尻尾が、大はしゃぎでダンスしてるよ。

◇

◆

◇

エディブルフラワークッキーは、ラベンダー色の小箱に詰めて売ることにした。

子供たちが言いにくいから、商品名は『押し花クッキー』だ。

黄色いガス袋入りの甘くないクッキーは、コーンチーズ味。イングリッシュマフィンのトッピングに使われているコーングリッツを混ぜているから、ツブツブした食感で美味しい。

新作以外のクッキーも、昨日と同じ数ずつ用意した。

これだけあれば、ギルド職員の分も残るだろう。

冒険者ギルドに行くと、今日も臨時売店の開店待ちの列ができていた。

「今日はやけに子供が多いね」

明らかにGランクと解る十歳未満の子供たちが、パーティー単位で連れ立って、何組も並んでいる。

（きっと試食目当てで来たんだろうな）

Gランクの子は、親兄弟が冒険者、もしくは、冒険者の親を亡くして、ギルドの寮に保護されている子供たちだ。

（クッキーを買えなくても、気軽に並んで試食して、喜んでくれたら嬉しいな）

俺は微笑ましく思いながら準備して、時間ピッタリに試食販売を開始した。

「コーンチーズあじのクッキー、いかがですかぁー？　しおとスパイスをつかった、あまくないクッキー、よんほんいり、はんぎんかいちまいでぇーす!!」

「キラービーのはちみつをつかった、おしばなクッキーいかがですか？　食べられるおはなのクッキーです！　よんまいいり、ぎんかにまいです！」

「これが、おしばにゃクッキーのみほんにゃん！　あじみはタダにゃん！　おいしいにゃんよー！」

試食用は小さくカットするから、今回キャティには、押し花クッキー四種類を、見本に持たせてるんだ。

「「「わぁっ、きれい！」」」

「食べられる花があるんだねぇ！　本物の花を使った菓子なんて、初めて見たよ！」

「こっちのコーンチーズも美味しいじゃないか！」

「不思議な食感ね！　こんなの食べたことない！　気に入ったわ！」

常連のお姉さんたちは大喜びで、一人が買える限界の量を買ってくれた。

初めて来てくれたGランクの子たちも、勧められるまま試食する。

「「「うわぁ、おいしい！」」」

「「「こんなおいしいの、はじめて！」」」

嬉しそうに笑ってくれてほっこりしていると。

「おにぃちゃん。これで、かえるだけクッキーください！」

子供たち全員が、俺に小金貨一枚を差し出して言う。

（えええーっ!?　小金貨って、Gランクの子供が使う金額じゃないでしょ？　夏の採取は実入りがいいけど、保護者がいないと森へ行けないGランクの稼ぎは微々たるものだよ）

レジ担当のコレットさんがお金を受け取り、お釣りの半銀貨一枚を渡したので、俺は不審に思いながらも、全種類を紙袋に入れて子供たちに手渡す。

大喜びでその場を立ち去った子供たちは、近くで待っていた女性冒険者たちに、紙袋とお釣りを渡した。

「「「ありがとう。これはお駄賃よ」」」

女性冒険者たちは、甘くないクッキーの袋を一つ取り出し、お釣の半銀貨一枚を添えて子供たちに渡している。

これってアレだよね。お一人様一パック限りの特売卵や特売ティッシュを、子供に財布を渡して一緒に並ばせて、別会計で複数買う裏技。

お菓子を買うお金がないGランクの子供たちは、堂々と並んで試食し、分け前とお小遣いをもらえるって寸法だ。

「「「その手があったか！」」」

以前爆買いしていた冒険者たちから、不穏な呟きが聞こえる。

（同じ手口で不正購入する人が増えそう……）

予感は的中し、後半はGランクの子供や、怪我して休職中っぽい冒険者のお客さんがやたら多くて、ギルド職員が買いに来る前に売り切れた。

「――というわけです」

俺はいつものミーティングルームで、今日の出来事を報告した。

「うむぅ……代理で子供や負傷者に買いに行かせるとは、考えたな」

ギルドマスターが渋い顔で唸(うな)り、ソフィアさんも困った顔で言う。

「お使いを頼まれた子供たちも、仕事ができずに困窮(こんきゅう)している負傷者も、お菓子とお小遣いをもらって喜んでいるとなると、注意しづらいですね」

「しかし、結局今日は、ギルド職員が休憩に入る前に売り切れて、ガッカリしている者たちが結構いたぞ。俺も買えなくてガッカリだ」

　と文句を言いながら、ドミニク先生がサンプルの押し花クッキーを開封する。

「それにしても、本物の花を飾ったクッキーを作るとは驚いたぜ。しかも美味い！」

「ええ。こんな焼き菓子、今まで見たことも聞いたこともありません」

　ドミニク先生とソフィアさんが押し花クッキーを摘まみ、ギルドマスターが今日の甘くないクッキーを齧って呟く。

「このコーンチーズ味のクッキーも、ザリザリした食感が面白い。香ばしくて美味いな」

「この粒は、乾燥したとうもろこしの胚乳（はいにゅう）だけを、荒く砕いたものです。ちなみに強力粉を薄めるために使っているコーンスターチは、料理人のスキルで、胚乳からいろいろ取り除いてできた粉です」

「ニーノの菓子が綺麗で、良い匂いがして美味いのは、腕がいい上に、そういう特殊な食材を作るスキルがあるからかもな」

　ギルドマスターの言葉に、ソフィアさんが同意する。

「そうですね。お菓子も最高ですが、ニーノさんが淹れる飲み物もビックリするほど美味しいです」

「すっきりした味のアールグレイも美味かったが、今日のアイスミルクティーも、ミルクたっぷりでコクがあって美味いな。クッキーとよく合う」

そこでドミニク先生が、ちょっぴり後ろめたそうに言う。

「俺たちだけ、ここで美味い茶を飲みながら、サンプルの菓子を食べてると知られたら、ほかの職員に恨まれそうだな」

「明日は、今日と明日の新作クッキーを増量します」

俺の言葉に、ギルドマスターがホッとしたように頷いた。

「ああ。ぜひそうしてくれると助かる」

そこでソフィアさんが改まって俺に言う。

「あと、昨日依頼された屋台の件ですが、コレットとロランの派遣が決まりました」

「ありがとうございます！　よろしくお願いします！」

ベテランの売店スタッフが来てくれるなら、安心して屋台の告知ができる。

「明日から、臨時売店に屋台の告知を貼り出してもいいですか？」

「もちろん構わんぞ。しっかり宣伝して、屋台販売も頑張ってくれ」

ギルドマスターの許可が下りたから、告知ポスターを作らなきゃ。


そうして今日も、俺は朝のおやつタイムに合わせて新作クッキーを試作する。

「明日は新作クッキーと今日のクッキーを増産するから、一個作るのにクッキーが二枚必要なジャムサンドクッキーを、新作クッキーと差し替えよう。できれば、またみんながビックリするようなクッキーにしたいな。いっそカラフルなメレンゲクッキーでも作るか」

質のいいメレンゲを作るには砂糖が必要だから、今回は召喚食材から、溶けやすい製菓用の細目（ほそめ）グラニュー糖を使うことにした。

メレンゲの粘度を高めて気泡（きほう）が壊れにくくするために、コーンスターチも入れるよ。卵白と砂糖だけで作ったメレンゲクッキーより若干くちどけが悪くなるけど、コーンスターチを入れたほうが湿気にも強く、サクサク感が長持ちするんだ。

もちろん甘いクッキーの売り文句にしているキラービーの蜂蜜も、風味づけに使う。

魔道ハンドミキサーでメレンゲを作って小分けし、庭で採れる食用植物から抽出した着色料を混ぜていく。

「いっそユニコーンカラーにするか」

ユニコーンカラーは、二色以上使ったグラデーションの、カラフルで幻想的な色だ。

ブルーベリーパウダーを入れたブルーラベンダー色のメレンゲ。マルベリーパウダーを入れたパープルのメレンゲ。ラズベリーパウダーを入れたピンクのメレンゲ。マリーゴールドから抽出した色素を混ぜたイエローのメレンゲを、星口金（ほしくちがね）をつけた絞り袋に入れて絞ると、複数の色が混ざり合ったバラの形が出来上がる。

葉に甘さを感じる成分が含まれているハーブを入れたグリーンのメレンゲ。ツユクサの花から抽出したブルーのメレンゲ。オランジェールピールパウダーを入れたオレンジ色のメレンゲ。チェリーパウダーを入れたピンクのメレンゲも、同様に絞り出す。

それを魔道オーブンに入れ、百度で一時間ほど時間を進め、粗熱を取れば完成だ。

「「わぁっ、きれー！」」

いろんな色が混ざり合ったバラのメレンゲクッキーは、子供たちの目を喜ばせた。

「綺麗なだけじゃないよ。食べてごらん」

「うわん！　くちのなかで、とけちゃった！」

「にゃにこれ、にゃにこれ！」

「サクしゅわ……♪」

独特の食感も、気に入ったみたいだね。

メレンゲクッキーは、ピンク・ブルー系の色味が強いミックスベリー風味と、オレンジ・

グリーン系の色味が強いオランジェール＆チェリー風味、二種類を水色の小箱に入れて売る。

新作の甘くないクッキーは、キャロットチーズ味。オレンジ色の袋入りだ。

昨日と今日の新作クッキーは四百個ずつ。フロランタンと、パプリカチーズ味クッキー、ほうれん草チーズ味クッキーは、三百個ずつ用意した。

アイスボックスクッキーとジャムサンドクッキーは、ラインナップから外している。


冒険者ギルドへ行くと、臨時売店の開店待ちの列が昨日より長くなっていた。

Gランク冒険者や怪我人が増えてるし。見たことない高ランクっぽい冒険者パーティーもいるよ。

派手な装備を身に着けた高ランクっぽい冒険者たちはすっごく目立っていて、噂の的になっている。

「あそこに並んでるの、『赤獅子の咆哮』だろ。大森林の深奥から帰ってきたんだな」

「後ろにいるのは『密林の白虎』だ」

「『蒼穹の天馬』もいるよ！　かっけー！」

パーティー名を聞いただけで、どの冒険者グループのことか判った。

吠えるライオンのシルエットを赤で描いた、黒を基調とした装備の四人組が『赤獅子の咆哮』。

ホワイトタイガー柄の服に、緑系装備の四人組が『密林の白虎』。

白いペガサスマーク入りの、秋晴れの空のような青系装備の四人組が『蒼穹の天馬』。

揃いの装備で一目瞭然だ。

「前のほうに並んでるのは『雪華の舞』じゃん」

「お近づきになりたいぜ」

雪華模様が刻まれた白っぽい鎧の冒険者パーティーは、若くて美人の女性ばかりだ。

「みんな美味い焼き菓子の噂を聞いて、買いに来たんだな」

「俺らもそのクチだぜ。夏場は夜の森で活動して、混雑する時間帯を避けてギルドへ寄るんだが、今日は臨時売店に並ぶために、時間をずらしたんだ」

「どんな菓子なのか楽しみだな」

俺は強化した耳で噂話を拾いながら、開店準備をした。

「五時になったので、試食販売を開始します！」

「キャロットチーズあじのクッキー、いかがですかぁー？　しおとスパイスをつかった、あまくないクッキー、よんほんいり、はんぎんかいちまいでぇーす‼」

「キラービーのはちみつをつかった、メレンゲクッキーいかがですか？　ミックスベリーあじと、オランジェールとチェリーあじ。よんまいいり、ぎんかにまいです！」

「あじみはタダにゃん！　おいしいにゃんよー！」

子供たちが並んでいる人たちに試食を勧めて回ると、驚きの声があちこちで上がる。

「なんだ、こりゃ！　こんなカラフルな菓子、見たことないぜ！」

「バラの花みたいな形だよ。きれいだねぇ」

「うおっ！　口の中で溶ける！　甘くてうめぇぇーっ！」

「ホントにサクッ、シュワーって溶けちゃった。こんなお菓子初めて食べたよ！」

みんな、メレンゲクッキーの見た目とくちどけに驚いてるね。

「キャロットチーズ味のクッキーもうめぇぇーっ！」

甘くないクッキーも、特に男性陣に人気だ。

「クッキー全種類くれ！」

いつも甘くないクッキーしか買わないお客さんがそう言ったのは、もしかして、甘いクッキーが欲しい人とトレードするのかな？

「ねえ。二色の模様入りクッキーと、花の形のクッキーはないの？」

雪華模様が刻まれた白っぽい鎧を身に着けた、淡いピンクブロンドの可愛い系美女が、縋るような表情で俺に尋ねた。

「すみません。今日は作ってないんです」

「えええーっ！　通信魔法で『今週は期間限定で、甘くて美味しいクッキーを試食販売してる』って知らせを受けて、大急ぎで帰還したのよ！　昨夜宿で詳しく聞いて、クッキー全制覇するの楽しみにしてたのに……！」

「しょうがないじゃん。あたしら、しばらくBランク野営地でキャンプしてたんだから」

「他は全部買えたでしょ。お店の人に絡まないの」

「甘いメレンゲクッキーも、甘くないキャロットチーズ味のクッキーも、ビックリするほど美味しかったし。早く他のクッキーも食べてみたいわぁ」

ボーイッシュな赤茶髪美女と、クールなお姉さん系銀髪美女が、ピンクブロンド美女を宥め、グラマーなお色気金髪美女はマイペースでお買い物。

「ところで、このポスターに『来週は焼き菓子の屋台販売を行う』って書いてあるけど、屋台でクッキーを売るの？」

「いいえ。クッキーより日持ちしない焼き菓子です」

「やたいは、どらやきと、ベビーカステラだよ！」

「おいしーにゃんよ！」

「ぜひ、きてくださいっ♪」

試食用クッキーのお代わりを取りに来た子供たちが、良い笑顔で口を挟んだ。

「「「「屋台も、絶対買いに行きます！」」」」

四人の声が大きく響き渡り、行列にざわめきが走る。

「屋台だって！」

「出店するのか!?　いつ!?」

「あそこのポスターに、来週は一週間屋台営業するって書いてあるぞ！　場所は――」

どうやらみんな、焼き菓子の屋台に興味を持ってくれたみたいだ。大勢買いに来てくれるといいな。

販売終了後は、いつものメンバーで集まって、試食を兼ねた報告会だ。

「今日も珍しい菓子を作ってきたなぁ、ニーノ。カラフルな色にもぶったまげたが、口の中で溶ける菓子なんて初めて食べたぜ」

既に臨時売店で試食しているドミニク先生の言葉に、ギルドマスターとソフィアさんが首を傾げる。

「そんなに驚くような菓子だったのか？」

「想像もつきませんね」

「まあ、食べてみりゃ解るさ」

俺は新作クッキーと紅茶を大人に、子供たちにはルイボスティーを配った。

「こりゃまた、すごいな」

「カラフルできれいです！」

「メレンゲクッキーには、温かい飲み物が合うので、今日はアッサムという産地の紅茶をご用意しました。ストレートでも美味しいですし、ミルクティーとしても人気が高いです。まずはストレートで飲んでから、ミルクや砂糖を入れてみてください」

「ほう。この紅茶、コクがあって美味いな。メレンゲクッキーも食べてみるか」

試食した途端、ギルドマスターとソフィアさんが目を瞠る。

「確かに、これは驚いた」

「口の中で溶けるって、こういうことなんですね」

「食べ応えはないが、もっと食べたくなる菓子だよな」

ドミニク先生もメレンゲクッキーを口に入れてそう言い、甘くないクッキーを齧ったギルドマスターが唸った。

「うーん。キャロットチーズ味のクッキーも美味い！　ところでニーノ。今日の試食販売はどうだった？　何か変わったことはあったか？」

「はい。今日並んだお客さんたちは、いつも味見だけの人も含めて、全員が全種類買ってくれたんです」

「……それは……十中八九転売するつもりだろうな」

「ええ。初めてのお客さんが増えたこともあって、多めに用意した昨日今日の新作以外は、冒険者の波が途切れる前に売り切れました」

「いっそギルドの売店で取り扱う際は、王都のビスケット同様、缶入りで小金貨一枚にするべきじゃないか？　それなら、まとめ買いしたい者の要望に応えられるし。単価が高くなれば、気軽に転売目的で買いにくくなるだろう」

「だがドミニクよ。価格を釣り上げて、低ランクの者が買いにくくなると、絶対に不満の声が上がるぞ」

「難しい問題ですね。一人当たりの販売数を制限したから、裏取引する人が出てきたわけですし。友人知人に売ったり、交換したりする程度なら、黙認(もくにん)するしかないんじゃないですか？」

「俺以外にも、美味しい焼き菓子を作る料理人が増えたらいいんですけどね」

「……それも難しいと思うぞ」

俺の言葉に、ギルドマスターがポツリと呟き、ドミニク先生とソフィアさんがこくこく頷いた。


買い物をして帰宅した俺は、子供たちと果樹や畑の収穫をして、最終日の新作クッキー作りに取り掛かる。

「明日の新作の甘いクッキーは、ミロワールにしよう」

ミロワールは、アーモンドクッキーの真ん中にジャムを塗って、粉糖を湯で溶いたグラス・ア・ローで鏡面仕上げにしたフランスの焼き菓子だ。

口金で絞ってドーナツ状の土台にするのは、様々な焼き菓子の土台として使われているダコワーズ。

つまり、アーモンドプードルを混ぜたメレンゲクッキーで、この表面に、満遍なくアーモンドダイスを塗す。

ドーナツ状の穴には、常温のバターに粉糖、全卵、アーモンドプードルを混ぜたクレームダマンド——解りやすく言うとアーモンドクリームを絞り込んで、オーブンで焼くんだ。

ダコワーズにもクレームダマンドにも砂糖が必要だから、今回も、召喚食材の製菓用粉糖を使っちゃうよ。

焼きあがったら、クレームダマンドの上にジャムを塗り、その上にグラス・ア・ローを重ね塗りして、オーブンで乾かす。

アプリコットジャムが定番だけど、お屋敷の果樹は収穫時期が終わっているので、今回はジャムサンドにも使った、ラズベリージャムとオランジェールジャムを使った。

「ミロワール、完成！　試食してみよう」

「「「うんっ！」」」

嬉しそうにクッキーを齧った子供たちが、満面の笑みを浮かべて言う。

「ぅわんっ！　いろんなあじで、おいしい！」

「キャティ、これしゅきにゃん！」

「サクサクカリカリで、やわらかいジャムのとこがシャリッってなる♪」

みんな気に入ったみたいだね。

冒険者の皆さんも、喜んでくれるといいなぁ。

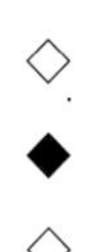

試食販売最終日のクッキーは、頑張って四百個ずつ用意した。
新作は、ミロワールと、オニオンチーズ味の全粒粉クッキー。
ミロワールはアーモンドをたっぷり使うクッキーだから、今日はフロランタンをラインナップから外すことにした。
甘いクッキーは、新作のミロワールに、メレンゲクッキー、押し花クッキー、アイスボックスクッキーを加えた四種類。

今日も『雪華の舞』が買いに来るとは限らないけど、リクエストに応えて、大量生産向きのアイスボックスクッキーを復活させることにしたんだ。

甘くないクッキーは、新作のオニオンチーズ味と、キャロットチーズ味、コーンチーズ味、ほうれん草チーズ味の四種類。

全種類買えば、ちょうど小金貨一枚になる。

これなら、現金払いの転売ヤーのお客さんたちに、お釣を渡す手間が省けるからね。


冒険者ギルドに着くと、すでに臨時売店に行列ができていた。

俺は商品を並べて準備し、五時の鐘とともに販売を開始する。

「オニオンチーズあじのクッキー、いかがですかぁー？　しおとスパイスをつかった、あまくないクッキー、よんほんいり、はんぎんかいちまいでぇーす‼」

「ミロワールいかがですか？　キラービーのはちみつをつかったラズベリージャムや、オランジェールジャムをのせたアーモンドクッキー。よんまいいり、ぎんかにまいです」

「あじみはタダにゃん！　おいしいにゃんよー！」

子供たちに勧められ、冒険者たちがクッキーを口にした。

「なんだこれ！　美味すぎる！」

「香ばしいアーモンドと、甘酸っぱいジャムの組み合わせ、最高かよ！」

「カリカリのアーモンドを載せた外側はサクサク。内側はしっとりしていて、その上に塗ったジャムの表面がシャリッとしてて、めちゃめちゃ美味い！」

「オニオンチーズ味のクッキーもすっげー美味いぜ！　甘くないクッキーの中で、コレが一番好きかも！」

新作クッキー、どちらも大好評だ。

「あっ！　今日は二色の模様つきクッキーがある！」

嬉しそうにそう言ったのは、『雪華の舞』の銀髪美女。

「昨日ガッカリしてらしたので、片方だけでもラインナップに入れたんです」

「ありがとぉぉーっ！　クッキー、どれもすっごく美味しかった！　屋台も楽しみにしてるから！」

この人、感情表現が豊かというか……美人なのに人懐っこい。

「メレンゲクッキーの見た目と味もビックリしたけど、本物の花を飾った押し花クッキーにも驚いたわ」

「今日はフロランタンがなくて残念！　でも、ミロワールもすごく美味しい！」

「甘くないクッキーもめっちゃ美味しいよ！　お一人様一個限りじゃなきゃ、大量に買って、キャンプのお供にするのに！」

雪華のメンバー全員が、気さくに声をかけてくれた。

赤獅子と白虎と天馬の三パーティーも、また買いに来てくれたんだ。

初めて見る冒険者がさらに増え、終了時間前に行列をストップしたけど、顔見知りのギルド職員は行列の中にいたから、なんとかギルド側の要望に応えられたかな？

ともあれ、最終日も完売御礼。

「コレットさん。ロランさん。試食販売を手伝ってくれてありがとうございました。来週は屋台の手伝い、よろしくお願いします」

お礼とともにクッキーの詰め合わせを渡して別れ、相談窓口で終了報告を行った。

ミーティングルームへ移動し、いつものメンバーが揃ったところで、最終日の『試食を兼ねた報告会』という名の打ち上げを始める。

「ニーノ。一週間、ご苦労だったな。今やクッキーは、ルジェール冒険者ギルドの名物だ。賞味期限を延ばす魔法の効果が立証され次第、ギルドの売店に卸してほしい」

ギルドマスターの労いと要望に、俺は笑顔で答えた。

「はい。季節によって違うクッキーになりますが、よろしくお願いします」

俺は全員に新作クッキーを配り、子供たちにはミルク、大人にはコーヒーを配って、今日の新作クッキーについて説明する。

「新作の甘いクッキーは『ミロワール』。遠い異国の言葉で『鏡』という意味で、アーモンドクッキーに、鏡の縁に見立てたクラッシュアーモンドを塗し、中央にジャムを塗って、砂糖を煮溶かして再結晶化させたものでコーティングしています」

するとドミニク先生、ソフィアさん、ギルドマスターが感想を漏らす。

「ジャムの表面のシャリっとした膜は砂糖か！」

「キラービーの蜂蜜を使った甘いジャムを、砂糖でコーティングするなんて……とても贅沢なお菓子ですね」

「これを銀貨二枚で売って、採算が合うのか？」

「ええ。問題ありません。飲み物は、酸味が強くて苦みが少ない、軽い飲み口のあっさりしたコーヒーをご用意しました。ミロワールと一緒に、ブラックでどうぞ」

「おっ、確かに以前飲んだコーヒーとは違う味だ。これも美味い。ミロワールと合うな」

ドミニク先生が嬉しそうにコーヒーを飲んでそう言い、ソフィアさんとギルドマスターがミロワールを食べて目を瞠る。

「美味しいです！　香ばしいアーモンドクッキーに、シャリッとした甘酸っぱいジャムが何とも言えません」

「複雑な味わいだな。クッキーの外側と内側の食感が違うのは、どうしてだ？」

「外側はアーモンド風味のメレンゲ。内側はアーモンドクリーム。二種類の生地を組み合わせたクッキーなんです」

「手の込んだお菓子ですね」

「「まったくだ」」

「甘くないクッキーも召し上がってみてください。今日は早採りの新玉ねぎを使った、オニオンチーズ味ですよ」

「おおっ！　こっちも美味い！　もっと食べたくなる味だ！」

「私はコーンチーズが一押しでしたが、オニオンチーズも病みつきになりますね」

初めて食べるギルドマスターとソフィアさんが感激し、ドミニク先生がぼやく。

「うーん、エールが欲しくなるぜ！　今夜はこれを酒のつまみにするぞ！」

子供たちも、言葉と仕草で美味しいと訴えながらクッキーを食べ終わり、試食の終了をもってお開きとなった。

5．屋台を出そう！

暦（こよみ）は『熱波の月（テルミドール）』二十五日。地球で言うと、そろそろ八月半ばだろうか。

今日から一週間の屋台営業が始まる。

屋台は日の出前から開店準備を始めるので、夏場は五時前後から営業する店が多い。

俺たちも、日の出前の五時過ぎに家を出て、屋台広場へ向かった。

割り当てられた区画は、行列ができても問題ない、広い通路に面した端っこ。

最初は正面にも屋台がある区画だったけど、『冒険者の大行列ができる可能性が高い』と冒険者ギルドの口添えがあり、配置が変更されたんだ。

クッキー試食販売の際に告知していた『料理屋ニーノの区画』の前には、すでに顔馴染みの冒険者たちが並んでいる。

派手な装備の高ランク冒険者たちもいて、かなり目立ってるよ。

「「「「おはよう、ニーノさん。屋台開店おめでとう」」」」

声をかけてくれたのは、『月光の道標』の四人だ。

「おはよう、テオくん、ルナちゃん。サラちゃん。エミルくん。来てくれてありがとう」

「そりゃ買いに来ますよ」

「ニーノさんの焼き菓子、サイコーだもん！」

「クッキーも、いただいたお菓子も、すっごく美味しかったです！」

「だよねー」

「ありがとう。またね」

「「「「はい！」」」」

続いて、常連の男性冒険者たちが声をかけてくれた。

「おはよう、ニーノさん。俺は今日、パーティーを代表して、朝イチで並んだんだ。まさか屋台も『一人一種類につき一個まで』なんて言わないよな？」

「俺もパーティーメンバーの分、まとめて買いたいんだが」

「大丈夫ですよ。冒険者ギルドでは、ギルドの方針で、みんなに行き渡るよう個数制限しましたが、屋台では、売り切れ直前まで制限をかけません」

朝の屋台は、買い出し担当の冒険者や主婦が多いんだ。必要な人数分揃わなければ、買うのを諦めるかもしれないし。売り切れたものほど欲しくなるのが消費者心理だから、『料理屋ニーノ』の知名度を上げるためにも、売れるときに売れるだけ売り尽くすよ！

ちなみに行列の先頭は、なんと『雪華の舞』の美女四人だ。

「おはよう、ニーノさん。待ってたわ」

「朝イチで来ちゃった！」

「今日はニーノさんの焼き菓子が朝ご飯なの」

「屋台の焼き菓子も、たくさん買うわよ〜！」

みんな、お菓子が大好きなんだね。

俺は遠くまで聞こえるよう、風の魔力を載せた声で告げる。

「皆様、朝早くから並んでいただき、ありがとうございます。料理屋ニーノの屋台は六時開店予定です。六時の鐘が鳴るまでの間、子供たちが本日販売する焼き菓子とお茶のサンプルを配ります。試食しながらお待ちください」

お客さんたちから「「「おおおおーっ！」」」と歓声が上がった。

俺は自作した子供用の段ボール製立ち売り箱をアイテムボックスから取り出し、子供たちの首にストラップをかけて激励する。

「おうちで練習した通り、頑張ってね」

「「うんっ！」」

試食用のお菓子は小さくカットし、爪楊枝を刺して、三種類ずつ紙皿に載せている。

焙じ茶は、一番小さい試飲カップに一口程度。

でも幼児はあまりたくさん運べないから、何度か往復することになるだろう。

「おひとつ、たべてみてにゃん！」

「なにもついてないのが、ベビーカステラ。どらやきのグは、テイバンの、くろっぽいアズキあんと、ひがわりの、はちみつバターです」

「やきがしにあうホウジチャは、ふたつきのコップにいれて、しょうぎんかいちまいで、はんばいします」

最初にそれらを受け取った『雪華の舞』が、試食の感想を語る。

「ベビーカステラ、めちゃくちゃ美味しいっ！」

「すっごく後を引く味！」

「ほんのり甘くて、香ばしくて、何個でも食べられそう！」

「外はカリッとしてるのに、中はふんわりやわらかいのね」

「このアズキアン？　黒くてアレだけど、見た目によらず甘くてイケる！」

「蜂蜜バターも、とろける甘さと、まったりしたコクがあって、めちゃくちゃ美味しい！」

「どれも激ウマ〜！　ニーノさん、お菓子作りの天才か！」

「甘い焼き菓子に、やや渋みのあるすっきりした味のお茶がよく合うわ！」

男性冒険者たちからも、連鎖するように「うめぇぇー！」と雄叫びが上がる。

お客さんたちが試食している間に、俺はカスタマイズした屋台テントを設置した。

ベースは『ベビーカステラ』のお祭り屋台で、両脇に『どら焼き』と『美味しいお茶』

の幟旗を立てている。

先頭でそれを見ていた『雪華の舞』が囁き合う。

「……ニーノさん、アイテムボックス持ちなのね。しかも、組み立て済みの大型テントをそのまま収納できるなんて……」

「どんな魔力量してんの!?」

「テントを設置したい場所に出すだけなんて、すっごく便利ねぇ。羨ましいわぁ～」

「しかも、テントと一緒に、いろんな機材をまとめて出したわよ」

（『雪花の舞』が大声で噂するから、メチャクチャ目立ってる！　冒険者たちの羨望の眼差しが突き刺さって痛いんですけど！）

気を取り直して、卓上ショーケースを一五度の定温に設定し、色違いのオープンパックに入れたハーフサイズのどら焼きと、丸ごと個包装したどら焼きを載せたトレイを直接ケース内に取り出すと、またもや『雪華の舞』が感嘆の声を上げる。

「わあっ！　あれがドラヤキね！」

「美味しそう～！」

「早く買って食べたいわ」

「見ただけであの味を思い出して、お腹が空いちゃう」

試食で購買意欲をそそられたみたいだね。

顧客の声に耳を傾けながら、俺は保温ショーケースに作り置きのベビーカステラ袋五種類を並べていく。

この辺りは夏季冷涼な気候で、朝は冷えるから、焙じ茶はホットのみ。

売り子さんが取りやすい場所に、カップ入りの焙じ茶を入れた保温ケースを設置し、商品を並べ終わったところで、助っ人のコレットさんとロランさんが来てくれた。

笑顔で挨拶を交わし、早速仕事の説明に入る。

「本日屋台で販売するのは、どら焼きと、ベビーカステラと、焙じ茶です」

基本的には、俺はベビーカステラを焼いて袋詰めする係。助っ人の二人が売り子だ。

「どら焼きは、白の包装紙が定番の小豆餡。クリーム色の包装紙が日替わりの蜂蜜バター。どちらもハーフサイズが小銀貨三枚。一個半銀貨一枚。ショーケースの横に積んだ四個入りの箱が銀貨二枚です」

箱入りを四個にしたのは、ルジェール村の冒険者は四人パーティーが多いから。

「ベビーカステラは、特小袋が四個入り小銀貨一枚。サイズ違いで二十個入りの特大まで、五種類用意しています。それ以上のまとめ買いや、同一商品を五個以上購入希望のお客様は、俺が担当します。陳列している在庫が切れた場合も、アイテムボックスから補充しますので、声をかけてください。たくさん買ってくれた場合は、紙トレイや紙箱、紙袋などを使って、持ち帰りやすい状態で渡してくださいね」

　基本的にはコレットさんがレジ担当。ロランさんが袋詰めなどのサポート担当に決まったが、一人で売り子をすることもあるから、二人に一通りレクチャーし、金庫に魔力を流して使用者登録を済ませた。

「最後に、店員が味を知らないとお客様に説明できないので、一通り試食してください」

　嬉しそうに試食した売り子さんたちが、目を見開いて言う。

「ベビーカステラ、すっごく美味しいです！　こんな焼き菓子、初めて食べました！」

「これ、外はカリッと香ばしいのに、中はふんわりしっとり弾力があって美味しいわ！」

「ドラヤキも、外側はやわらかくてほのかに甘く、粒のあるアズキアンは不思議な甘さで、蜂蜜バターは甘くてコクがあって、どっちも最高です！」

「若干渋みを含んだすっきりした味のホウジ茶が、甘いドラヤキとよく合いますね！」

「ええ。互いの味を引き立て合う組み合わせだと思います」

　感想を聞いていると、六時の鐘が鳴り、子供たちが帰ってきた。

「みんな、お疲れ様」

　俺は子供たちから立ち売り箱を回収し、お客様と店員たちに聞こえるように告げる。

「では、開店します。シヴァ・ラビ・キャティは、昨日練習した通り、近くへ来た人に声をかけてね」

「「「はぁーい！」」」

早速、子供たちが屋台の側で客引きを始める。

「ふんわりもっちり、さめてもおいしい、ベビーカステラいかがですかぁー？　よんこ、しょうぎんかいちまい！　はちこ、しょうぎんかにまい！　じゅうにこ、しょうぎんかさんまい！　じゅうろっこ、しょうぎんかよんまい！　にじゅっこ、はんぎんかいちまいです！」

「あまくておいしい、どらやきいかがですかー？　ていばんの、あずきあん。ひがわりの、はちみつバター。いっこ、はんぎんかいちまい。ハーフどらやきは、しょうぎんかさんまいです」

「あまいおかしにあう、おちゃもあるにゃん！　しょうぎんかいちまいにゃん！」

行列の先頭で待っていた『雪華の舞』が売り子に注文する。

「箱入りのドラヤキ二種類と、ベビーカステラの特大袋と、温かいお茶ひとつずつ！」

「「私も！」」

（ええっ⁉　一人ずつ、どら焼き八個とベビーカステラ二十個買うの⁉）

驚きのあまり、俺は思わず横から口を挟んだ。

「屋台の焼き菓子は、クッキーみたいに日持ちしませんよ。どちらも美味しく食べられるのは当日中。安全に食べられるのは二、三日程度です。そんなにたくさん買っていただいて、大丈夫ですか？」

「大丈夫！　甘いものは別腹だから！」

「みんな、これくらい食後でもペロッと食べちゃうよ」

「女でも冒険者は肉体労働だから、お腹が空くのぉ」

「魔法師は、魔力循環不全症や魔力過多症にならない限り、魔法を使えば太らない。食べた分だけ働けばいいのよ」

「余計な心配でしたか。いつもご贔屓(ひいき)いただきありがとうございます。お仕事頑張ってくださいね」

笑顔で見送って、俺はベビーカステラを焼き始めた。

甘く香ばしい香りが辺りに漂い、通りかかった人々の注意を引く。

朝食を買いに来た主婦っぽい人たちが、こちらを見て囁き合う。

「何あれ。すごくいい匂い……」

「ホントね。興味はあるけど、あの行列に並んだら、旦那の朝食の時間に遅れちゃうわ。あとで子供と一緒に買いに行こう」

「わたしもそうしようかな」

立ち止まって見ているだけの人も多いけど、時間に余裕がある人は列に並ぶから、さらに行列が長くなる。

「ニーノさん。箱入りドラヤキ二種と、ベビーカステラ大と、お茶の在庫が切れました」

「了解」

俺は調理の合い間に、アイテムボックスから陳列場所へ、直接商品を補充する。

しばらく冒険者のお客さんばかり続いたが、作業の手を止めるタイミングを計ったように、身形(みなり)の違うお客さんから声がかかった。

「ニーノさん。屋台開店、おめでとうございます」

「あっ、マルセルさん。ご連絡しなかったのに、来てくださってありがとうございます」

マルセルさんと会ったのは、お屋敷の賃貸契約をしたとき以来だ。

「私は商業ギルドの職員ですから。ニーノさんが焼き菓子の屋台を出すと耳にして、早速買いに来ましたよ。今日が初日なのに、すごい行列ですね」

「実は先週、冒険者ギルドでクッキーの試食販売をして。そのとき屋台の告知ポスターを貼っていたんです」

「それでこんなに冒険者が並んでいるわけだ。私も先日頂いた『ばうむくうへん』の衝撃的な美味しさが忘れられません」

「そう言っていただけると嬉しいです。ご注文、お伺いしますよ」

「では、手土産用にドラヤキ二種類を五個ずつと、家族と自分用に三個ずつ。ベビーカステラは同僚にも差し入れしたいので、特大袋を十個ください」

「たくさんお買い上げありがとうございます。マルセルさんにはいろいろお世話になっているので、手土産用は、贈答用の和菓子箱をサービスしますね。十個一箱にしますか？　二種類ずつ五箱にしますか？　ご希望の組み合わせでご用意しますよ」

「じゃあ、十個一箱でお願いします」

贈答用の和菓子箱は、高級感のある包装紙で包み、『料理屋ニーノ』の紙袋に入れた。ご自宅用は普通に箱詰めしたものを、差し入れ用とは別の紙袋に入れて手渡す。

「ありがとうございました」

マルセルさんを笑顔で見送り、再び追加のベビーカステラを焼いていると、今度はオレリアさんに声をかけられた。

「ニーノさん。屋台開店、おめでとうございます。早速買いに来ましたわ。商会の従業員や職人たちへの差し入れに、たくさん買っても大丈夫かしら？」

「大量購入大歓迎です。今日が初日なので、アイテムボックスにたくさん作り置きがありますから、百個以内ならすぐにご用意できますよ。贈答用の菓子箱に詰め合わせて、綺麗な包装紙でラッピングもできます」

「じゃあ、ドラヤキ二種類を五個ずつと、ベビーカステラ特大袋の詰め合わせ十組を、贈答用のラッピングで。ドラヤキハーフサイズ二種類を十個ずつと、ベビーカステラ特大袋の詰め合わせを、簡易なラッピングで三組お願いできます？」

「はい。たくさんお買い上げありがとうございます。一人で持てますか？」

「馬車まで運ぶ従者を三人連れてきましたから、大丈夫ですわ。お菓子に合うお茶もあるなら、そちらもいただきたいけれど……従者三人でお茶も運ぶのは難しいかしら？」

「蓋つき紙コップのホルダーをセットした箱に入れてお渡しします。それでも運びきれなければ、従者さんが馬車まで往復する間、取り置きすることもできますよ」

「では、お茶も百個お願いできますか？」

「かしこまりました」

焙じ茶もたくさん用意してるけど——まさかこんなに売れると思わなかった。追加を淹れたほうがよさそうだ。

慌ただしく追加商品を作っていると、どら焼きが完売し、焼きながら売ったベビーカステラも、そろそろネタ切れだ。

「ロランさん。行列をストップしたいので、このプラカードを持って列の最後尾に並んでください。字が読めない人のために、『本日分のどら焼きとベビーカステラは終了しました。午後からは冷たい氷菓子を販売します』って、周囲の人にも聞こえるように説明してもらえますか？」

「任せてください！　行ってきます！」

ロランさんを送り出し、俺は遠くまで聞こえるように、魔力を乗せた大声で言う。

「申し訳ありませーん！　ベビーカステラも残り僅か！　ここからは特小袋のみ、お一人様一個限定で販売します！　その代わり、これからフライドポテトの試食販売を行います！　現在並んでいる方は、無料で試食できます！　一袋小銀貨二枚で販売しますが、押し売りはしませんので、遠慮なく味見してくださいー！」

俺は保温ショーケースに売り物のベビーカステラとフライドポテトを補充し、どら焼きの箱を並べていた場所に試食用のポテトを置いた。

もし全員が買ってくれたら足りないので、マルチベイクドフーズメーカーをフライヤーに交換し、下拵え済みのポテトを揚げていく。

ジャガイモは芽とその周辺に毒があるため、この世界では観賞用の花、もしくは『飢饉のとき、食中毒覚悟で食べる非常食』としか認識されていない。

みんなが保管方法や、安全に食べられる美味しい調理方法を知らないせいか、市場ではじゃがいもを売ってないし。お屋敷の畑にもなかったから、使う芋は召喚食材だ。

まずは美味しいじゃがいも料理で忌避感をなくして――ゆくゆくは、簡単で美味しいじゃがいもの調理法をこの世界に広めたい。

そんな思いで、焼き菓子の早期売り切れに備えて、フライドポテトを用意していた。

試食した人たちから、次々と感嘆の声が上がる。

「なんだこれ！　塩が効いてて、うめぇーっ！」

「エールを飲みたくなる味だ」

「「「同感!」」」

予想通りの大好評で、全員フライドポテトを買ってくれたよ。

ベビーカステラも売り切れて、あとはフライドポテトの試食販売だけだ。

「よう、ニーノ。今日は焼き菓子を買いに来たのに、売り切れてて残念だぜ」

「あっ、ドミニク先生! すみません。開店ご祝儀で、知人がたくさん買ってくれたんです。フライドポテトも美味しいですよ。ぜひ試食してください」

「おう。うめぇー!! 美味すぎるぜ! 土産も含めて二十個ばかり買いたいんだが」

「解りました。温かいうちに召し上がってくださいね」

思った以上に売れていくので、俺はせっせとポテトを揚げまくり、ようやく最後のお客さんを見送った。

「みなさん、お疲れさまでした! いったん店仕舞いして、午後二時から屋台を再開します」

実は諸事情により昼のピークが終わるまで続けるのは難しいから、もし焼き菓子が売り切れなくても、適当なところで切り上げて、十時頃いったん店を閉める予定だったんだ。

「これ、二人に渡すつもりで取っておいた焼き菓子と、フライドポテトです。午後からのかき氷屋台も、よろしくお願いします」

俺はコレットさんとロランさんたちに別れを告げ、【屋台セット】をアイテムボックスに収納し、案内板を残して屋台広場をあとにした。

養鶏場と牧場で食材を買い、関所を超えて帰路を辿っていると、キャティがごきげんでスキップしながら歌い出す。

「にゃんにゃ、にゃんにゃにゃーん♪　あしゃーのおやつーは、にゃーに、かにゃー？」

するとシヴァが元気な声でリクエストする。

「おれ、フライドポテトがいい！」

「ぼくも、フライドポテトたべたい♪」

「キャティもにゃん」

お客さんたちが美味しそうに食べるのを見てたら、つられて食べたくなるよね。

「じゃあ、おうちに帰ったら、フライドポテトと冷たい麦茶でおやつにしよう。天気がいいから、睡蓮池のガゼボで食べようか」

「「「うんっ！」」」

睡蓮池は別館前の、紅葉する低木の生垣で仕切られた広場の東側にある。

結構大きなドーナツ状の池で、本館の列柱廊から続くアプローチを通って橋を渡ると、島の上に大きなガゼボが建っているんだ。

今は睡蓮が見ごろだけど、本館側には木蓮（もくれん）、池の周りには紅梅（こうばい）や椿、楓（かえで）や花蘇芳（はなずおう）などの紅葉する木が植えられていて、四季折々の草花も楽しめる。

俺たちは庭の一角にあるお手洗いで手を洗って、睡蓮池へ移動した。

橋の手前で、キャティとラビが池を眺めて呟く。

「いけのピンクのおはにゃ、きれいにゃ～」

「うん♪」

確かにすっごく綺麗だけど、これが蓮（はす）なら蓮根（れんこん）が採れるのに――と思ってしまったのは秘密だ。

「おれは、はなよりポテトがいい！」

シヴァが俺と似たり寄ったりのセリフを口にしたので、思わず笑ってしまった。

俺はガゼボでおやつの準備をして、子供たちとテーブルを囲んだ。

「うわんっ！　ポテト、おいしー！」

「カリカリ、ホクホクにゃん！」

「ぼく、ポテト、だいすき♪」

子供って、フライドポテト好きだよね。

妹の綾夏は小さい頃、ハンバーガーセットを買っても、ポテトばかり食べてたっけ。

ニコニコしながら尻尾を揺らす子供たちを見守りながら、癒しのおやつタイムを楽しんだ。

「おやつのあとは、朝の収穫をするよ」

このお屋敷は大森林の浅部に位置するからか、作物がよく育つ。

摘果しないと大きくならない果樹や果菜も、鈴生り(すずな)でいい感じに成長するし。

こまめに収穫しないと育ち過ぎちゃうから、なるべく毎日見回って、収穫適期を見逃さないようにしないとね。

それが終わったら、昼食を食べてお昼寝だ。


今週いっぱいで、『熱波の月(テルミドール)』が終わるというのに、今日も午後から夏日を超えている。

「絶好のかき氷日和(びより)だな」

俺は子供たちを連れて、再び屋台広場へ向かった。

屋台販売の昼のピークは午前十一時前後から午後一時前後。それを過ぎると人通りが減っていく。

でも、うちの屋台区画の前には、冒険者の人だかりができている。

こんな時間にここにいるってことは、夏場は日差しが和らぐ夕方頃から森へ入って、翌朝村へ帰ってくる熟練の冒険者かな？

「毎度ありがとうございます。朝も買いに来てくれましたよね」

顔馴染みの冒険者たちに声をかけると、みんな笑顔で頷いた。

「ああ。朝とは違う菓子を売るんだろ？」

「ニーノさんが作る菓子なら、きっと美味いに決まってる！」

「美味いものは、並んででも買わなきゃな」

「冒険者の娯楽と言えば、『飲む打つ買う』だが、ニーノさんの菓子を食ってから、『食う飲む打つ買う』に変わったんだぜ」

そこで一斉に同意の声が上がる。

ちなみに『飲む打つ買う』は、『飲んだくれて、博打を打ち、女を買う』という意味で、村の中には、そういうお店ばかりのエリアがあるらしい。

子供の教育に悪いから、そこには絶対近づかないようにしないとね。

俺は早速、【かき氷屋台セット】を取り出した。

暖簾や吊り旗のデザインは日本の祭りでお馴染みのアレだけど、文字はこの世界のものだから、若干違和感がある。

かき氷機の反対側に並んでいるのは、合成樹脂製のサンプルで、その下に垂れ下がっているのは、シロップの名前が大きく書かれたプライスカード。

青いかき氷シロップはソーダ味の『ブルーハワイ』だけど、プライスカードは『イチゴ』

『メロン』『レモン』『ソーダ』『みぞれ』になっている。

まあ……『ブルーハワイ』なんて言っても、こっちの世界の人には、何のことだか解らないよね。

屋台の設置が終わったところで、コレットさんとロランさんが来てくれたので、商品について説明する。

「午後から販売する『かき氷』は、氷を細かく削ってシロップをかけた氷菓子です。シロップは五種類。どれをかけても、木製スプーンつきで小銀貨三枚です」

できれば練乳や餡子のトッピングを増やしたいけど、この世界の砂糖や小豆がないから、今は無理だ。

「俺がかき氷を作るので、お二人で、お客様の対応をお願いします。一人で複数のかき氷を注文された場合、必ず『冷たいので食べ過ぎるとお腹を壊すかもしれません』とお伝えして、注文数に変更がないか確認してください。早く食べないと溶けてしまうので、買ったらすぐ食べてほしいんですが、一人が代表して並ぶこともあると思います。その場合は溶けることを伝えた上で、納得された場合のみ注文を受け、こちらの紙コップホルダーつきトレイにセットして渡してください」

お客さんたちはかき氷がどんなものか知らないから、初日は特に、買い出し担当者が並ぶパターンがありそうだよね。

「午後二時から五時前までは客足が少ない時間帯だから、朝ほど忙しくならないと思います。一人が売り子をしている間に、交代でかき氷を試食しながら、宣伝がてら屋台広場の人目につく場所を散歩してきてください」

まずはコレットさんが売り子に入り、ロランさんが試食という名の宣伝活動を行うことになった。

「どのシロップにしますか？」

「じゃあ、物珍しいので、ソーダでお願いします」

「その場で一口食べて、感想を聞かせてくださいね」

かき氷を作って渡すと、ロランさんが一口試食し、目を瞠って言う。

「わあっ！　シャリっとした雪みたいな甘い氷が、口の中で溶けました！　冷たくて美味しい！」

それを聞いて、開店を待つ冒険者たちがどよめく。

「じゃあ、試食休憩に行ってきます」

「いってらっしゃい！」

ロランさんを見送ってから、俺たちも持ち場に着いた。

「じゃあ、かき氷屋、開店します！」

「「「はいっ！」」」

早速、子供たちが屋台の周囲で客引きをする。

「いらっしゃいませぇー！　ひんやりつめたい、あまくておいしい、かきごおりはいかがですかぁ〜？　こおりをけずって、シロップをかけた、つめたいおかしですぅー！」

「あかは、のいちごよりあま〜いイチゴあじ♪　みどりは、シャラメロみたいなメロンあじ♪　きいろは、あまずっぱいレモンあじ♪　あおは、スカッとさわやかソーダあじ♪　しろは、さとうシロップのみぞれあじ♪」

「どれでも、いっぱい、しょうぎんかしゃんまいにゃん！」

「青のソーダ味をくれ！」

「俺はシャラメロみたいなメロン味だ！」

「俺はレモン！」

「私はイチゴがいいわ！」

コレットさんが注文を受け、俺がかき氷を作っていく。

アイテムボックスに【屋台セット】が増えてから、かき氷機も屋外で魔石を使って動かせるようになったから、ひっきりなしの注文にも余裕で応えられる。

かき氷を受け取った冒険者たちは、歩きながら食べて叫ぶ。

「うおおーっ！　冷たくてうめぇーっ！」

「これ、走り回ったあとに食べたら最高だな！」

「「「「「「同感！」」」」」」

冒険者たちの「うめぇぇーっ！」「冷てぇぇーっ！」「美味しー！」「生き返るぅーっ！」という雄叫びを聞いた人たちが列に加わり、帰ってきたロランさんが新規のお客さんを引き連れてきた。

交代で『イチゴ味のかき氷』の試食休憩に入ったコレットさんは、冒険者ギルドの受付嬢を連れてきたよ！

「朝の焼き菓子は買えなかったけど、かき氷が買えてよかった！」

ご機嫌な笑顔でそう言った受付嬢が立ち去り、しばらくして、冒険者ギルドの職員さんが、代わるがわるかき氷を買いに来てくれたんだ。

「ニーノ。冷凍保存の魔道具を持ってきたから、かき氷五種類を四個ずつくれ！」

「ドミニク先生。いつもありがとうございます。かき氷は食べ過ぎるとお腹を壊しますが、大丈夫ですか？」

「ああ。俺とギルマスとソフィアと同僚たち、二十人で食べるから問題ない」

二十個分のかき氷を作っていると、後ろの人に声をかけられた。

「ニーノさん。屋台開店おめでとう！」

以前お手伝いした串焼き屋台の女将（おかみ）さんだ。

「ルイーズさん。ありがとうございます。連絡先が分からないから、お知らせしてなかったのに……今日から屋台営業してるって、どうして判ったんですか？」

「お客さんたちが、『料理屋ニーノの屋台で美味しい焼き菓子を売ってる』って、噂してたの。マドレーヌもクッキーも美味しかったから、楽しみにしてたんだけど……焼き菓子は売ってないのね」

「ええ。朝だけで完売しちゃって。天気がいいので、午後からはかき氷を売ってます」

「焼き菓子を買えなくて残念だけど、火を使う屋台は暑いから、冷たい氷のお菓子があるのは嬉しいわ」

「ご注文は、何にします？」

「イチゴひとつ。あとで旦那も買いに来ると思うわ。『ニーノさんにお礼を言いたい』って言ってたから」

ルイーズさんが帰って、しばらくすると、彼女の旦那さんがやってきた。

「初めまして、ニーノさん。俺はルイーズの夫のクロードだ。先日は緊急依頼を引き受けてくれてありがとう。見舞いの品も有難かった。焼き菓子はビックリするほど美味しかったし。貴重な湧き水で作ったというお茶を飲んだら、すぐにギックリ腰が治った上に、冒険者を引退するきっかけとなった膝の古傷までよくなったんだ」

治癒回復効果の高い異世界の水は、古傷にも効果があるらしい。

「怪我が治ってよかったです。ご注文は？」

「シャラメロみたいなメロン味！」

シャラメロは体力増強効果があるレア果菜で、旬の時期には生食する冒険者もいるらしいから、味の想像がしやすいかと思って、呼び込み文句に入れたんだけど。なぜかメロン味を注文するとき、「シャラメロみたいな」ってつける人が多いんだよね。

ちなみに男性にはメロン味が人気だけど、女性と子供にはイチゴ味が一番人気だ。

氷菓子を売っているのはうちだけだから、物珍しさで噂になっているようで、お客さんが途切れない。

朝一番乗りだった『雪華の舞』も、そろそろ閉店しようかという頃にやってきた。

「もぉーっ、ニーノさん！　午後から違うお菓子を売るなら、ちゃんと言ってくれなきゃダメでしょ！」

「宿でかき氷の噂を聞いて、慌てて走ってきたのよ」

「間に合ってよかったわぁ～」

「もうちょっと起きるのが遅かったら、買いに来れなかったよ！」

「すみません。かき氷は気温が上がらないと売れないので、午前中に天候や売れ行きを見て、午後から売るものを決めたんです」

もし気温が夏日を超えなかったら、朝の販売物の残りとフライドポテトか、昼休憩に追加の生地を作ってベビーカステラを売る予定だったんだ。

好天に恵まれたお陰でかき氷も完売し、ちょっと早めに店仕舞いできたよ。

屋台販売二日目の日替わりどら焼きは、オランジェールジャムを混ぜたバターを挟んでみた。

お茶はオランジェールジャムによく合うルイボスティーだ。

「朝の試食タイムは、日替わりの『オランジェールバターどら焼き』に使ったジャムと、ルイボスティーだよ」

ジャムは使い捨ての紙スプーンでひとすくい。

ルイボスティーは試飲カップに一口程度。

今日も子供たちが、立ち売り箱を首にかけ、お客さんたちの列を回る。

またしても一番乗りの『雪華の舞』が、真っ先に試食して、甘味にうっとりしながら感想を呟く。

「うわぁっ、美味しい！　ジャムとこのお茶、すっごく合う！」

「これ、花型のクッキーやミロワールに塗ってたジャムだよね？」

「クッキーのお供にも、このお茶が欲しかったわぁ～！」

「キラービーの蜂蜜バターも美味しかったし。今日の日替わりドラヤキも楽しみね！」

男性冒険者たちにも、ジャムとルイボスティーの組み合わせは大好評。あちらこちらから「うまっ！」「うめぇーっ！」と雄叫びが聞こえてくる。

六時の鐘とともに販売を開始すると、今日も冒険者たちがどら焼きを箱で、ベビーカステラを特大袋で、お茶とともに買っていく。

知人による大量のご祝儀買いはなかったけど、一般のお客さんが初日より増えたおかげで、今日も用意していた焼き菓子は午前中で完売だ。

午後からのかき氷販売も、いい具合に気温が上がって、忙しかった。


屋台販売三日目の日替わりどら焼きは、ラズベリージャムを混ぜたバターを挟み、お茶はダージリンを選んだ。

「このダージリンってお茶、凄く美味しい！　甘いお菓子のお供にピッタリよ！」

紅茶と言えば『貴族が飲む高級品』というイメージが強く、屋台で売るとお客さんに驚愕されそうだから、『ダージリン』で通すことにした。

稼ぎのいい冒険者にはどら焼きが大人気だけど、低ランク冒険者や一般庶民には、小銀貨一枚あれば買えるベビーカステラが大人気だ。

「ベビーカステラの特大袋を二十個くれ」

今日は小金貨一枚分のベビーカステラを買う男性客が二人もいて、驚いたよ。

（確かこの人たち、初日からのリピーターで、昨日も特大袋を十個ずつ買ってくれたんだよね）

初日は五個ずつの注文で、俺が対応したから、顔を覚えている。

（もしかして、マルセルさんやボナール商会みたいに、手土産や差し入れに使うのかな？）

――と思って、そのときはさほど気にしていなかった。

はっきり『おかしい』と感じたのは、午後の屋台販売をしていたときだ。

常連客の冒険者四人組が、かき氷を注文したあと、ためらいがちに俺に尋ねた。

「ニーノさん。カステラ串って知ってるか？」

「知りません。なんですか、それ？」

「今日、とある串焼き屋台で、昼飯時に売ってたんだ」

「当店自慢の目玉商品とか言って、串焼き肉を買った客にだけ、一本小銀貨三枚で売ってたぜ」

「その場にいた客が、『昨日も昼に売っていた。凄く美味いんだ』と大声で噂しててさ。あそこの串焼きより美味い屋台はたくさんあるから、普段はそこまで売れてないけど、カステラ串を売ってる間は行列ができてたよ」

「試しに一本買って味見してみたんだが――ベビーカステラを串に刺して、温める程度に表面を軽く炙って、香ばしくさせた感じだった。自力で類似品を作ったのかもしれないし。ニーノさんがレシピを教えたか、商品を卸した可能性もある。でも……もしかしたら、ニーノさんから買ったベビーカステラを、さも自分が作ったみたいな口振りで売ってるんじゃないかと気になってな」

「知らせてくれて、ありがとうございます。誰かにレシピを教えたことも、商品を卸したこともありません。俺はベビーカステラにも、自分で採取したキラービーの蜂蜜を使っていますし。ふんわりした焼き菓子を作るには、膨らし粉も必要だから、自力で開発した可能性も低いと思います」

「じゃあやっぱり、ニーノさんから買ったベビーカステラを加工して、三倍の値段で売ってたんだな」

「しかも、自分の店の串焼きを売るために利用するなんて……」

「ふてぇ野郎だ！」

「やり口が汚いぜ！」

常連客の冒険者たちの話によると、その屋台は毎日同じ場所で店を開いているらしい。

俺はロランさんにかき氷屋台の行列を止めてもらい、早めに店仕舞いして、そこへ行ってみることにした。

「今日はちょっと屋台広場を回って帰るよ」

子供たちにそう言うと、三人ともピーンと耳を立てて聞き返す。

「ぅわんっ！　カステラぐし、うってるトコみにいくの？」

「ぼうけんしゃのおにいさんたち、おこってたよね？」

「わるいやつに、『メッ！』しにいくにゃん？」

客引きしてたから聞こえてないと思ってたけど、獣人族は耳がいい。話を聞いて、雰囲気で大体の状況を察したみたいだ。

「もうカステラ串は売り切れてると思うから、今はこっそり場所を確認しに行くだけだよ。騒がないで、そのまま普通に通り過ぎてね」

やる気満々で頷いた子供たちは、言いつけ通りお口にチャックしてるけど、歩きながらソワソワ、キョロキョロしちゃって、見るからに不自然だ。

（あまり近づくと、気づかれるかもしれないね）

俺は魔法で視力を強化し、離れた場所から屋台の位置を確認した。

でも、すでにその屋台は撤収していて、店員の顔を確認することができなかったんだ。

おそらく、連日ベビーカステラを大量購入している二人の男性客が、カステラ串を売ってるんじゃないかな。

料理屋ニーノのベビーカステラとして転売するならまだしも、自分の店の商品として、串焼肉の販促目的で転売されるなんて不愉快だ。

文句を言ってやりたいけど、俺はこの世界の常識や法律に詳しくない。

果たしてこれが、クレームをつけていい案件なのか判断できないんだ。

（ドミニク先生に相談してみるか）


俺は帰り際、冒険者ギルドへ立ち寄った。

窓口で受付嬢に取次ぎを頼むと、ドミニク先生は、ちょうど時間が空いていたようだ。

「どうしたニーノ。不景気なツラして。なんかあったのか？」

「実は――」

事情を話すと、ドミニク先生は腹立たしげに吐き捨てる。

「けしからんヤツがいたもんだな！　商品の転売自体は認められている。買ったけど使わなかった商品や、古着や古道具などを露店で売買する者は大勢いるし。商人は転売するのが仕事だ。しかし、転売すると告げずに大量に買い付け、無断で売り捌くのはマナー違反。それだけでも苦情を言える案件だが、他店の商品を無断で加工した類似品を、自店の商品として売るのは権利の侵害に当たる。ベビーカステラは、ニーノのスキルで作った独自の食材と、ニーノの知識と技術がなければ作れない、料理屋ニーノのオリジナル商品だ。これが名匠（めいしょう）の手による武器や防具、魔道具や家具、高価な宝飾品や美術品とかなら、確実に犯罪として扱われる案件だぜ」

それを聞いて、もやもやしていた気持ちが晴れた。

（やっぱり俺、怒っていいよね!?）

ドミニク先生は、俺を見つめて静かに問いかける。

「それで、ニーノはどうしたい？」

「カステラ串の販売を、やめてほしいです。無断で自分の店の商品として売るような人たちに、俺が作った焼き菓子を転売してほしくありません」

「じゃあまず、カステラ串がベビーカステラの加工品であると証明することだ。俺はその屋台について、冒険者に聞き込みをして情報を集めておく。ニーノは、怪しいと目星をつけている客が、明日もベビーカステラを大量購入したら、不審に思っていることを気づかれないよう対応し、ロランに尾行させて、件の屋台の店員と同一人物か確認するんだ。ロランは諜報（ちょうほう）向きのスキルを持っているから、任せて大丈夫だ」

「解りました。やってみます」

「そいつで当たりだったとしても、すぐに一人で乗り込むなよ。カステラ串を売ってる現場を押さえなきゃ、言いがかりをつけたと逆切れされて、面倒なことになるかもしれない。ニーノは絡まれやすそうな顔してるから、クレームをつけに行くときは、俺が一緒に行ってやる」

「ありがとうございます。ドミニク先生がいてくれたら心強いです。お客さんの話によると、昨日も今日も、カステラ串を売っていたのは昼時だったそうです。交代で買いに来て、客足が落ちる時間帯に串打ちして、昼のピーク時間帯に売ってるんでしょうね」

「ニーノが屋台広場にいない時間帯を狙ってる——とも言えるな。明日は昼前後の予定を開けておくから、当たりを引いて決行すると決まったら、相談窓口の受付嬢に伝言してくれ」

「はい。よろしくお願いします」

明日は大変な一日になりそうだ。心してかからないと。

6．事件の顛末（てんまつ）

屋台販売四日目の日替わりどら焼きはブルーベリーバター。お茶はアッサムティーだ。

初日の朝、試食タイムに並んでいたのは冒険者ばかりだったが、今では行商人らしき男性や、主婦やメイドらしき女性の姿も見受けられる。

「焼き菓子も美味しいけど、このジャムもいいわね。野草茶に添えて飲んでみたいわ」

「パンに付けてもよさそうね。どこかでジャムを売ってないかしら」

といった会話が、女性客から聞こえてきたよ。

午前六時の鐘の音とともに開店し、三人で注文を捌いていく。

件（くだん）の男性客がやってきたのは、主な客層が冒険者から一般人に切り替わる頃だ。

「ベビーカステラの特大袋を三十個くれ」

俺はさらに増えた注文を訝（いぶか）しく思いながらも、それを気取られないよう笑顔で応対し、感謝の言葉で見送ってから、ロランさんに耳打ちする。

「今のお客さんの行き先、探ってください」

ドミニク先生から事情を聴いて指令を受けたロランさんは、二つ返事で不審な男性客を尾行し、有益な情報を持ち帰ってくれた。

「ニーノさんの予想通り、例の屋台の店員でしたよ。連日大量購入しているもう一人の男も、同じ屋台にいました。バトンタッチして今、列の後方に並んでいます」

「じゃあ、今日はもう、行列をストップしてください」

「了解です」

もう一人の男も同様に、特大袋を三十個購入すれば、四つ刺しで三百本。

串代がかかるから、小金貨六枚弱を不当に稼いでいるってことだ。

抱き合わせで自店の串焼きの販売数も伸ばしているらしいから、結構な稼ぎになっているはず。

こんな卑怯なやり方ではなく、『美味い焼き菓子を作りたい』という熱意を持って助力を請われたら、俺はこの世界の食材で作れる焼き菓子作りに協力しただろう。

でも、料理人としての誇りを持たない者に、手を貸すような真似はしたくない。

俺は二人目の男がベビーカステラを買うのを見届け、少し早めに店仕舞いした。

その足で冒険者ギルドに向かい、窓口で用件を伝える。

「すみません。Eランク冒険者のニーノです。ドミニク先生に急ぎの伝言をお願いします。『当たりでした。本日決行。第二訓練棟一階の休憩所でお待ちしています』以上です」

彼らがカステラ串を売り始めるまで、もうしばらく時間がかかる。

その間に腹ごしらえだ。

俺は子供たちとともに休憩所へ移動し、テーブルの上に、飲み物を入れた密閉ボトルと紙コップを並べていく。

子供用の飲み物は、邪気払い効果が高い【天の真名井の御霊水】で淹れた麦茶を、『運盛り』の召喚微炭酸水で割った麦茶ソーダ。

大人用は、【天の真名井の御霊水】と、邪気を払い幸運を呼び寄せる『生姜（しょうが）』と『シナモン』、運盛りの『三温糖』を使ったシロップを、召喚強炭酸水で割ったジンジャーエール。

それを密閉ボトルからコップに注いだ。

そして――。

「今日のおやつは、験（げん）を担いでカツサンドだよ」

大人用は、耳を落としたパンにバターとマスタードを塗り、白いフレンチドレッシングで和（あ）えた千切りキャベツと、ソースを絡めたトンカツを挟んで三つ切りにしたもの。

子供用はバターだけをパンに塗って、食べやすいよう小さく六つ切りにしている。

カツサンドを見たシヴァがギラッと瞳を光らせ、尻尾を高速回転させせながら叫んだ。

た。

「わおーんっ！　にくぅーっ!!」

「はいはい。嬉しいのは解ったから。落ち着いて、いただきますして食べようね」

子供たちが満面の笑みを浮かべて手を合わせたところで、渋い低音ボイスが聞こえてきた。

「待たせたな、ニーノ」

「ドミニク先生。待つというほど待ってませんよ。伝言を聞いて、すぐ来てくれたんですね」

「ああ。今日は夜番と交代したから、今は勤務時間外だ。ニーノとちびっ子たちは、朝のおやつタイムか」

「先生の分もありますよ」

俺は先生に椅子を勧め、ジンジャーエールを配って料理の説明をする。

「俺が生まれた国では、勝負事の前に、勝利を願って、縁起のいいものを食べるんです。これは幸運のシンボルである『豚』の肉に衣をつけて油で『揚げ』た、『トンカツ』という縁起のいい料理と、『利益』を生む金運アップの開運食材キャベツの千切りを、パンに挟んだカツサンドです」

「えっ!?　この白いのがパンだと!?」

「全粒粉パンは茶色いけど、表皮や胚芽を覗いて製粉した強力粉で作ったパンは白いんです。どうぞ、召し上がってください」

「では、遠慮なく頂戴しよう」

「「いただきます！」」

先生と子供たちが、一斉にカツサンドに手を伸ばす。

「うめぇぇーっ！」

「「おいしー！」」

ドミニク先生は俺を見て、勢い込んで言う。

「ニーノ！　このカツサンド最高だ！　毎日でも食べたいぞ！　屋台で売らないのか!?」

「いずれ売ってみたいとは思うんですけど……まずはお菓子を流行(はや)らせたいですね」

「なんで菓子なんだ？」

「午前中は森で採取の仕事をしたいですし。アムリの実の売却金が入金されたら、今借りてるお屋敷を買う予定なので、将来的には屋台ではなく、予約制のレストランを経営したいんです。でもうちの子たち、まだ昼寝が必要で。当分の間、ランチ営業もディナー営業も難しい。となると、アフタヌーンティー営業専門のカフェが最適だと思って」

「アフタヌーンティーとはなんだ？」

「午後三時から五時頃のおやつタイムに、ちょっとお洒落(しゃれ)して、優雅に紅茶を飲みながら、サンドイッチやスコーン、一口サイズのケーキやクッキーなどを食べるんです。素敵なお屋敷だから、家族や友達とのお祝い事や、リッチな気分を楽しむ女子会、恋人とのデートに使えるお店にしたらいいと思いませんか？」

「そうだな。大森林とはいえ、昼間は子供が狩り採集に行けるくらい、浅部は危険が少ないし。日没までの営業なら、一般人が出入りしても問題ないだろう」

ちなみにこの辺りの日没は、夏は午後九時前後。冬は午後五時前だ。

「正門の駐車場に、来客の使用人の宿泊施設だった建物があって、そこの一階もカフェバーとして使えそうな間取りだから、軽食とお茶やコーヒー、ジュースやお菓子を出す、森の休憩所っぽいカフェをやるのもいいですねぇ」

そこでドミニク先生がフッと笑った。

「そんな店があれば、毎日でも通いたいぜ」

「忙し過ぎると子供たちに淋しい思いをさせちゃうから、できればまったりゆったりおもてなしできる、穴場的なお店にしたいんです」

「だったら会員制か、一見客お断りの紹介制じゃないと無理だろう」

「自宅で営業するなら、そのほうがいいでしょうね」

会話の合間にジンジャーエールを飲んだドミニク先生が、また驚いた顔で叫ぶ。

「うおっ！　何だこりゃ!?　ほのかに甘くて辛くて刺激的で美味い！」

「お酒じゃないけど、ジンジャーエールという名前の飲み物です」

大森林を横断中、『銀狼の牙』がジンジャーエールと聞いてお酒と勘違いしたから、念のため説明を加えた。

「子供たちも、同じのを飲んでるのか？」

「いえ。子供用は、マイルドな麦茶ソーダです。一口飲んでみます？」

「ああ。もらおう」

作り置きの麦茶ソーダを試飲カップに入れて渡すと、ドミニク先生は味わうように口に含んで言う。

「ムギチャソーダはすっきりした喉越しだな。ジンジャーエールのほうがインパクトは強いが、こっちもイケる」

「おれ、ムギチャソーダすき！」

「キャティもしゅきにゃん！」

「ぼくも、しゅわっとするの、すき♪」

料理人にとって、笑顔で『美味しい』って言われることが一番嬉しい。

食事中は不愉快な話題を避け、みんなが食べ終わったところで、ドミニク先生に調査の結果を報告した。

それを聞いて、ドミニク先生は渋い顔をする。

「カステラ串で稼ぐことに味を占めて、さらに稼ぎを増やそうとしてるってわけか。昨日ニーノが帰ってから、俺も情報を集めてみたが――冒険者たちの間で『ベビーカステラでカステラ串を作ってる』という噂が広がっているようだ。件の屋台の店員が、ベビーカステラを大量購入するのを見た者が結構いて、必要なら証言すると言っていた。真っ先にカステラ串を買って『美味い』と騒いでいた客は、おそらく仕込み（サクラ）だろう。そいつは屋台の店員たちと、よく酒場でつるんでいるらしい」

「俺が子供たちに客引きさせているから、それも真似したつもりですかね？」

「かもな。さて。カステラ串を売る時間帯は行列ができるらしいから、そろそろ屋台広場へ移動するか」

俺たちは腰を上げ、屋台広場へ向かった。


十時台の屋台広場は、まださほど混雑していない。

俺たちは少し離れた場所から、視力強化して件の屋台の様子を窺っている。

「今、ベビーカステラの串打ちが終わったみたいです」

「焼き始めたら、匂いで客が集まってくるかもしれないな。俺は屋台の近くで待機して、カステラ串の販売が始まり次第、客のフリをして列に並ぶ。ニーノたちは面が割れてるから、売り始めてから俺のところへ来てくれ。合流したら、店員に声をかけよう」

俺たちは二手に分かれて見張りを続けた。

事態が動いたのは、十一時の鐘が鳴った直後だ。

魔法で強化した耳が、あの男の声を拾う。

「さあ！　これから本日の目玉商品、カステラ串の販売を始めるよぉ～！　大人気のカステラ串を買えるのは、ワイルドチキンの串焼きを買ってくれた人だけだ！　ほっぺが落ちるほど美味しい、当店自慢の自信作！　カステラ串は、一本小銀貨三枚！　肉串とセットで半銀貨一枚だよ！」

確かに、この呼び込みだと、自分で一から作ったみたいで紛らわしい。JARO（ジャロ）に訴えてもいいんじゃないか？

「みんな。走ってドミニク先生のところへ行くよ」

「「うんっ！」」

俺は子供たちとともに屋台の前まで駆け寄り、ドミニク先生の横に並んだ。

「あんたら、横入りはいけねぇよ」

後ろの客に咎（とが）められたので、頭を下げて説明する。

「俺はこの屋台の客じゃありません。朝だけベビーカステラを販売している、料理屋ニーノです。うちで買ったベビーカステラを無断で加工して、自分たちで作ったと偽（いつわ）るような紛（まぎ）らわしい宣伝をして、自分の店の商品として転売するのはやめてください！」

後半の言葉は、屋台の店員に向かって告げた。

だが、店員たちは悪びれもしない。

「カステラ串は、俺たちが考えて、串を打って焼いたんだ！　偽ってなんかいない！」

「言いがかりつけて、営業妨害すんな！　客じゃねぇなら、とっとと帰れ！」

そこでドミニク先生が前に出て言う。

「言いがかりじゃねぇぞ。ここの店員がベビーカステラを大量購入しているのを見た冒険者たちが、必要なら証言すると言っている」

すると串焼き屋台の店員たちが、威嚇するようにドミニク先生を睨んで言い返す。

「だからどうした！　金を出して買ったもんを、俺らがどうしようと勝手だろ！」

「材料を買って、加工して売るのは、みんなやってる当たり前のことじゃねぇか！」

開き直ったセリフに、俺は呆れて反論する。

「ベビーカステラは食材じゃありません。俺が作った焼き菓子です。個人で串を打って、焼き直して食べるのは構いませんが、それを自分の店の商品として無断転売するのは、やってはいけないことだと思います」

「うるせぇ！　これはベビーカステラじゃねぇ！　俺たちが考えたカステラ串だって言ってるだろ！」

「客だって喜んでるんだ！　文句を言われる筋合いはねぇよ！」

「お前ら、少しも悪いと思ってないのか!?」

ドミニク先生の怒声にも、彼らは怯まない。

「思うわけねえだろ‼　そっちこそ、客の前でぎゃあぎゃあ騒ぎ立てやがって！　悪いと思わないのか‼」

彼らに悪いことをしたとは少しも思わないが、買い食いを楽しむ場所で罵り合うのは、お客さんにとって迷惑な行動だ。

「ドミニク先生。もういいです。話が通じないない人間に、何を言っても無駄だ。帰りましょう」

ドミニク先生も、子供たちも、納得がいかない顔をしていたが――。

「……解った。当事者のニーノがそう言うなら、帰るとするか」

先生は俺の意思を汲んでくれた。

屋台販売五日目からは、どら焼きとお茶のみ販売する。それが、俺が決めた無断加工転

売への対抗策だ。

ベビーカステラの一人あたりの販売数を制限しても、代理人に買わせることはできる。手数料で儲(もう)けが減るけど、もともと三倍の値段をつけているし。自店の串焼きも抱き合わせで売っているから、それでも損はしないはず。

となると、ベビーカステラ販売中止が、一番手っ取り早いんだよね。

小銀貨一枚で買える商品を楽しみにしているお客さんには申し訳ないけど、そもそも開店祝いの【屋台セット】がなかったら、どら焼きだけ売る予定だったたし。今日明日はベビーカステラの代わりに、追加のどら焼きを作りながら売るよ。

ラインナップが減ると淋しいから、定番商品に餡塩バターどら焼きも加えることにした。

そして今日の日替わりは、プラムジャムバターどら焼きと煎茶だ。

緑茶と果物って、意外と合うんだよね。甘酸っぱいプラムジャムと、煎茶のさわやかな香りと程よい渋みが、いい感じにマッチする。

今日の試食タイムも、ジャムとお茶が大好評だ。

お客さんたちが試食している間に、俺はカスタマイズチェンジした屋台を取り出した。

ベビーカステラの暖簾をどら焼きの暖簾に変え、マルチベイクドフーズメーカーをどら焼き仕様にしただけだけど。

それを見て、いつも一番乗りの『雪華の舞』が驚きの声を上げる。

「えっ⁉　いつもと屋台が違う！」

「ニーノさん。今日はベビーカステラ売らないの？」

「あたし、あれ大好きなのに！」

「どうしてぇ～？」

　美女四人に詰め寄られ、俺はためらいがちに答えた。

「ベビーカステラを無断で加工して転売する人がいるので、販売中止にしたんです」

「あっ、それ！　宿で噂になってたカステラ串でしょ⁉」

「当店自慢の自信作とか言ってるけど、どう見てもベビーカステラの類似品だよね――っ
て話してたのよ。まさか類似品どころか、ベビーカステラを無断で加工して、さも自分で
作ったような口ぶりで売ってたなんて！」

「串に刺して軽く炙っただけで、当店自慢の自信作とは片腹痛いわ！」

「面(つら)の皮が厚すぎるわぁ～」

　俺の胸中を察して憤(いきどお)ってくれる気持ちは嬉しいけど、怒った顔より笑顔が見たいな。

「ベビーカステラの代わりに、どら焼きの種類を増やすことにしたんです。餡塩バターも
美味しいですよ。屋台で売ったどら焼きの中では、ドミニク先生のイチ押しです」

「「「「それは楽しみ～！」」」」

　ほかのお客さんたちにも、ベビーカステラの販売中止を惜(お)しまれたけど、事情を説明し

たら納得してくれたよ。

件の屋台の男たちは、今日は一度も姿を見ていない。

昨日抗議したから、さすがに気まずくて来れなかったのか。屋台の仕様が違うから来なかったのか――。

解らないけど、できればこれで終わって欲しい。


午後からのかき氷屋台では、お客さんたちの噂話を耳にした。

「カステラ串を売ってた店、今日は閑古鳥が鳴いてたぜ」

「一躍行列店の仲間入りを果たしたけど、落ち目になるのもあっという間だったな」

「冒険者の間で『あの屋台のせいでベビーカステラが販売中止になった』って噂になって、不買運動してる奴らがいるからじゃね？」

「それだけじゃないぜ。昨日ニーノさんがカステラ串を売ってる現場に乗り込んで、客の前で口論になってさ」

「あっ、それ現場を見てた奴から聞いた！　ニーノさんが抗議したら、『カステラ串は、俺たちが考えて、串を打って焼いたんだ！　偽ってなんかいない！　言いがかりつけて、営業妨害すんな！』って言い返してた、って……」

「ベビーカステラに串を刺して炙っただけなのに、言いがかりなんてよく言えたな」

「カステラ串を買ってた客の大半は、ベビーカステラの存在を知らなかったんだ」

「まあ……大人気過ぎて、朝だけで売り切れるからなぁ……」

「そう。それで、ニーノさんが現場に乗り込んだのがきっかけで、『他店の菓子に串を刺して炙ったものに、三倍の値をつけてぼったくってた』と知ったわけよ」

「そりゃ怒るわぁー」

「ベビーカステラが販売中止になった途端、カステラ串も姿を消したから、『ニーノさんの言い分が正しい』って、証明されたようなもんだしな」

「ぼったくられた常連客も離れちまって、自業自得とはこのことよ」

話の通じない連中だったたから、俺はうんざりして注意する気も失せ、原因を元から絶つことにしたんだけど——あのあと、そんなことになってたんだね。

屋台販売最終日の日替わりメニューは、チェリージャムバターどら焼きと、アールグレ

イだ。

朝から並んでくれたお客さんたちは、ジャムとお茶を試食して口々に言う。

「わあっ、このお茶、すっごく美味しい！」

「すっきりした、さわやかな味ね」

「それに、とってもいい香り……」

「ジャムも甘酸っぱくて美味しい！」

「今日もマジ最高だな」

「これで最後だなんて、名残惜しいぜ！」

「また屋台出してくれよな！」

「冒険者ギルドの売店でも、また菓子を売ってくれ！」

大盛況のどら焼き屋台は、お客さんたちに惜しまれながら、最終日の販売を終えた。

屋台を出すのは今日までだけど、冒険者ギルドに携帯食を卸す予定になっているから、養鶏場と牧場とは、今後も取引を続けることになっている。

いつものように帰りがけに養鶏場へ行き、今日の卵を受け取ってから、大通りを隔(へだ)てた隣の牧場へ行こうとしたら、門の脇の直売所から怒鳴り声が聞こえてきた。

「なんで肉を卸せねぇんだよ⁉」

「ここなら肉を卸値で買えるって聞いてきたんだ！　食肉も扱ってるんだろ⁉」

　忘れもしない。カステラ串を売っていた屋台の男たちの声だ。

「「「おにーちゃん」」」

　不安げに俺を見上げる子供たちに、口元で指を立てて見せ、その場にとどまって聴力を強化した。

　牧場主の母親が、困った様子で男たちに言う。

「……確かに食肉も扱ってるけど、うちは酪農牧場なんだ。肉を卸しているのは、予め契約してる顧客だけ。牛はすぐには育たないから、一見客にいきなり来られても売れないいんだよ。今すぐ必要なら、冒険者ギルドか、隣の養鶏場か、肉屋へ行っとくれ」

「肉屋は卸値で買えないだろ！　養鶏場にも、『一見客には売れない』と断られたし。冒険者ギルドでは、『依頼を受ける冒険者がいない』と言われたんだ！」

「えぇっ⁉　ここは大森林に面した冒険者の村だよ。ワイルドチキンやホーンラビットなら、依頼を受けてくれる冒険者パーティーはいくらでもいるだろうに……」

「そうなんだ。おかしいんだよ。今までそんなこと言われたことないのに！」

「あんたら、もしかして冒険者に喧嘩でも売ったのかい？」

　男たちは答えない。

答えられないんだろう。多分それ、無断転売騒ぎを起こしたのが原因だ。不買運動してる冒険者がいるってことは、依頼の受注も受けないよう手を回されてるんじゃないかな？

食い物の恨みは恐ろしいって言うけど、まさかベビーカステラの販売中止が、こんな余波を招くなんて——。

ここで顔を合わせたら、ますます面倒なことになりそうだ。

「牧場へ行くのは午後にしよう。急いでおうちへ帰るよ」

俺は子供たちを連れて、急ぎ足で立ち去った。

午後二時からのかき氷屋台を以って、一週間の屋台営業は終了する。

月が替わると短い夏も終わりを迎え、急に冷え込む日が増えるらしいから、氷菓子を売ること自体、今年はこれが最後だろう。

好天に恵まれ、最終日もお客さんが多く、かき氷は終了予定時間より早く完売した。

「コレットさん。ロランさん。二週間、お世話になりました。クッキーの試食販売も、屋台営業も、二人がいてくれて本当に助かりました。ロランさんには、売り子以外の仕事まで手伝ってもらって……感謝してます」

「いえいえ。ちゃんとギルドの依頼として請け負いましたんで。こちらこそ、毎日いろいろお菓子をもらって役得でした。ありがとうございます」

「お世話になりました。また、何かあったら呼んでくださいね」

「はい。機会があれば、ぜひお願いします。これは予想外のトラブルでお騒がせしたお詫びを兼ねた、追加報酬のジャム詰め合わせです。パンに付けてもいいし。湯やお茶に溶かして飲んでも美味しいですよ。瓶を開封しなければ、冷暗所で一年くらいは、美味しい状態で保存できます。開封後は、冷蔵で二週間程度。まだ気温が高めだから、常温の場合は早めに使い切ってください」

「いつもありがとうございます。ジャムが欲しいと思っていたので、嬉しいです」

「ありがとうございます。ジャムの瓶詰って、驚くほど長期保存できるんですね」

「浄化した瓶に詰めて脱気・密閉しているので、通常より長期保存できるんです。ジャムだけでなく、野菜や肉、魚介を使ったいろんな保存食を正しいやり方で瓶詰にして脱気・密閉すれば、通常より長く鮮度を保った状態で保存できますよ。やり方を知っていれば、誰でもできるんじゃないかな」

　コレットさんと顔を見合わせたロランさんが、真顔で俺に言う。

「それ、ドミニク先生に話したほうがいいですよ。長期保存できれば、長く持たない食材を冬の食料に回したり、遠隔地へ売ったりできますし。瓶詰加工をEランク以下の冒険者や、怪我や出産などで休業中、もしくは失業した冒険者や、その家族の副業にできれば、助かる人が大勢います」

「そうですね！　今度相談してみます。アドバイスありがとうございました。じゃあ、また会いましょう」

「「はい！　またよろしくお願いします！」」

二人と別れ、俺たちは屋台広場をあとにする。

昼寝のあと、キャティの支度に時間がかかって、行きがけに立ち寄る余裕がなかったから、その足で牧場に寄って今日のミルクを受け取った。

あとはおうちに帰るだけ。

東大通りは、東に職人工房区画、西に職人ギルド、宿屋、小さな商店が並ぶ通りがあって、そろそろ交通量が増えてくるから、俺たちは一本東の通りを歩いて、森に続く駅馬車通りへ向かうことにした。

「にゃんにゃにゃーん♪　にゃんにゃにゃ～ん♪」

道が貸し切り状態だから、キャティがごきげんで歌いながらスキップし始め、

「ラビ！　どっちがたかくとべるか、きょうそうしよう！」

「うんっ！」

シヴァとラビも歩きながら遊び始めたよ。

「人がいない道ならいいけど、馬車や人がたくさん通る道で遊ぶと危ないから、駅馬車通りに出る前にやめてね」

「「「はぁーい！」」」

帰りを急ぐわけじゃないから、俺は前を行く子供たちを微笑ましく見守りながら、のんびり歩いていた。

まさか脇道から、いきなり人が飛び出してくるとは思わなかったんだ。

「ラビ！　キャティ！」

飛び出してきた男たちは、それぞれ近くにいた子供の腕をつかんで引き寄せ、逃げられないようがっちりホールドする。

俺は男たちの顔を見て蒼褪めた。

（こいつら、カステラ串を売ってた男たちだ！）

「にゃあぁーっ!!」

「きゅうぅーっ!!」

逃げようと必死でもがく子供たちに、男たちがナイフを突きつけて怒鳴る。

「「うるせぇ！　おとなしくしろ！」」

それを見たシヴァが、怒気を漲らせて男たちに向かっていく。

「ラビとキャティをはなせぇーっ!!」

「ダメッ、シヴァッ！」

相手は二人ともナイフを持っているから、下手に動くと危ない。

俺は助けに行こうとするシヴァを抱きしめ、無力さに歯噛みする。

(こういう事態に備えて護身格闘術を習ったけど、実際に子供に刃物を突き付けられたら、付け焼刃でどうにかできるもんじゃないな……)

相手が魔物だったら、魔法ですぐに対処できるけど——。

俺には、人を殺さず、ひどく傷つけないで行動不能にする手加減が解らないんだ。

(どうしたらいい!?)

打開策は思いつかず、後悔ばかりが押し寄せる。

こうなったのは俺のミスだ。村の中だからと油断せず、何かあったらすぐ結界を張れるよう、周囲を警戒しておけばよかった。

今から結界を張ったとして、こんなに密着している状態で、子供たちだけを上手くガードできるだろうか？

試したことがないから解らない。

だって、こんなピンチ初めてで、上手い対処法なんて解らないよ！

口から出たのは、サスペンスドラマで聞いたようなセリフ。

「なぜこんな真似をするんだ!?　子供たちを解放しろッ！」

俺の要求を聞いた男たちは、フンと鼻先で笑って言う。

「なぜ……だと？　身に覚えがないとは言わせないぜ！　冒険者たちを唆して、営業妨害したくせに!!」

「俺たちは聞いたんだ！　『カステラ串は、料理屋ニーノのベビーカステラを無断で加工して、三倍の値で転売してるボッタクリ商品だ。あの屋台で串焼きを買うな。肉の依頼も受けるな』って、冒険者たちが話してるのをな！」

「言いがかりだ！　俺はそんなことしてくれなんて、誰にも頼んでない！」

「嘘をつくなッ！　カステラ串を売ったくらいで、俺たちの屋台を潰すような真似しやがって！」

「お前のせいで、俺たちはもう、この村で商売できなくなったんだ！」

商売できなくなったのは自業自得。俺が抗議しに行ったとき、逆ギレなどせず誠実に対応していれば、不買運動も、依頼の受注拒否も起きなかっただろう。

いや――逆ギレするような連中だから、自分の屋台の目玉商品として、自分の店の商品と抱き合わせで無断転売したのかな。

言いたいことはたくさんあるけど、それを言葉にすれば、ますます逆上させるだけ。

「……何が目的で、子供たちを人質に取ったんだ？」

問いかけると、男たちは下卑た笑みを浮かべて言う。

「損害賠償金と、慰謝料を払ってもらうためだ」

「ほかの土地で商売する金が必要なんだよ。お前、屋台だけでなく、冒険者ギルドの売店でも、ガッツリ稼いだんだって?」

「行列屋台の店主なら、金貨五枚くらい払えるんじゃねぇか?」

「いいや、一人十枚だ。それ以下じゃ、許してやれねぇなァ」

こいつらに金を払う理由はないけど、払えない金額じゃない。

「……解った。金を払うから、子供たちを今すぐ解放してくれ」

「「金を払うのが先だ!!」」

言い争っていると、脇道に面した民家の陰から様子を窺っていた冒険者たちが、男たちの背後から忍び寄ってきた。

シヴァもそれに気づいたようだ。

余計なことを言わないように、俺は慌てて消音魔法でシヴァの声を消す。

「《水の球(ウォーターボール)》」

水の球が串焼き屋台の男たちの頭部を覆い、溺れて子供たちの拘束が緩んだ。

その隙を狙って、逞しい冒険者たちが二人の男を制圧し、子供たちを救出してくれた。

と同時に水の球が消え、水の球で溺れていた二人の男が激しく噎(む)せ返る。

冒険者たちが彼らをお縄にしている間に、俺も消音魔法を解いてシヴァを解放し、怯(おび)えて涙ぐんでいたラビとキャティを抱き寄せた。

「ラビ！　キャティ！　無事でよかった！」

「「おにぃちゃぁ～んっ！」」

助かってホッとしたのか、二人とも大泣きしだしたよ。

「ラビ～！　キャティ～！」

シヴァも後ろから二人に抱きついて泣いている。心配だったよね。

冒険者たちが、その様子を優しい顔で見守っている。

「助けてくれてありがとうございます！　『銀狼の牙』の皆さん！」

「どういたしまして」

「久しぶりだな」

「また会えてうれしいよ、ニーノさん」

「船でルジェール村に帰ってきたら、ヴィントが急に騒ぎだして、周囲を索敵したら、ニーノさんたちが強盗に襲われていたんだ。ビックリしたよ」

オリバー、ヒューゴ、ノア、ジェイクが、笑顔でそう言った。

「ちょっといろいろありまして。それより皆さん、しばらく見かけませんでしたが、どちらへ行ってたんですか？」

「ダンジョン交易都市レージュの近くに住んでいる、ドワーフの武器職人のところだ」

　ドワーフって、やっぱりこの世界にもいるんだね。

「ルジェール村にも職人はいるけど、ドワーフのほうが腕がいいからな」

「ニーノさんのおかげで肉が高く売れたし。予想外の討伐報酬や懸賞金も入ったから、オレ、装備を新調して、弓も強化してもらったんだ！」

「俺も杖を強化して、魔石のアクセサリーを買ったよ」

「近況報告はこれくらいにして、こいつらどうにかしないと」

　オリバーが腕を組んでお縄になった男たちを睥睨（へいげい）すると、ヒューゴが相槌を打つ。

「そうだな。荷馬車に積んで、領兵詰所に連行するか」

　そこでジェイクが提案する。

「じゃあオレ、向こうの大通りに置いてきた荷馬車を回すから、オリバーとヒューゴで、そいつらを牧場前の大通りまで運んでよ」

「「任せろ」」

「領兵隊に突き出すなんて、冗談じゃねぇ！」

「縄を解けー！　クソ野郎ーっ！」

　犯罪者が騒いでるけど、無視だ。無視。

俺たちは『銀狼の牙』の荷馬車に乗って、領兵詰所に移動した。

リーダーのオリバーが馬車を降り、詰所の入口で言う。

「忙しいところ失礼する。Bランク冒険者パーティー『銀狼の牙』だ。犯罪者を二名捕縛して連行した。手続きを頼みたい」

犯罪者を荷馬車から下ろして引き渡すと、また往生際悪く騒ぎだす。

「俺たちは、損害賠償金と慰謝料を要求してただけだッ！」

「料理屋ニーノが悪いんだ！　俺たちの商売を邪魔したんだぞ！」

「子供を人質に取り、ナイフを突きつけて『金を出せ』と脅せば強盗だ！　そんなことも解らないのか！」

オリバーの一喝に、ほかのメンバーと兵士が頷いて同意を示す。

俺は被害者として事情聴取を受け、一連の流れを説明すると、同席していた『銀狼の牙』の面々が呆れて溜息をつく。

「なんだそれは……」

「これってむしろ、ニーノさんのほうが、損害賠償や慰謝料を請求してもいい内容じゃない？」

「……呆れて言葉も出ないな」

「って言ってるよ、ヒューゴ」

「茶化すな、ジェイク」

担当してくれた兵士二人も、俺と子供たちに同情の眼差しを向けている。

「質の悪い連中に目を付けられて、大変な目に遭いましたね」

「彼らの主な罪状は、強盗未遂と傷害未遂。これは現行犯逮捕で、真偽を見分ける魔道具でも確認しましたので、確定しています」

真偽を確認する魔道具というのは、冒険者ギルドや商人ギルドに登録するとき、虚偽の申告をしてないか確認するのに使った水晶玉だ。

「ベビーカステラをカステラ串に加工して、自店の商品として、串焼きと抱き合わせで無断転売した件も、迷惑行為として警告、もしくは詐欺罪として扱う可能性がありますね。しばらく留置して余罪を調べた上で、量刑が決まります。おそらく犯罪奴隷として、罪に応じた年数の強制労働が課せられるでしょう。彼らを犯罪奴隷として売った代金の中から、『銀狼の牙』に報酬が支払われます」

手続きを終えた俺たちは、兵士たちに挨拶して詰所を出た。

「これにて、一件落着だな」

オリバーの呟きに、俺は苦笑交じりの溜息を漏らす。

「はぁ……ほんと、助かりました。もう二度と、こんなことあってほしくないです」

「それにしても、まさか俺たちがいない間に、ニーノさんが焼き菓子の屋台を出しているとは思わなかったよ。ドラヤキとベビーカステラ、食べてみたかったぁ～！」

　拳を握って口惜しがるノアに、ジェイクが同意する。

「オレも食べてみたかったよぉ～！　そういえば犯罪者が言ってたけど、ニーノさん、ギルドの売店でも何か売ってたの？」

「ええ。一週間日替わりで、クッキーという焼き菓子の試食販売をしていました。初日から行列ができる人気屋台になったのは、そのせいです」

「ええ～っ！　そんな楽しそうなことまでしてたの～!?」

「ガッカリだよ～！　オレたちが帰ってきたときには、全部終わってたなんてぇ～！」

　ノアとジェイクだけでなく、オリバーとヒューゴも残念そうな顔をしている。

「今日のお礼がしたいので、よかったら、うちで一緒に晩御飯を食べませんか？」

　俺の申し出に、ジェイクが一転大喜びの笑顔で拳を突き上げて叫ぶ。

「やったぁ！　ニーノさんの料理がまた食べられる！」

　ほかのメンバーも嬉しそうに笑って答えた。

「有り難い」

「ご馳走（ちそう）になる」

「嬉しい～！　でも『うち』って？」

　首を傾げたノアに説明する。

「実は今、借家に住んでるんです」

そこで子供たちが身振りを加えて、嬉しそうに言う。

「おっきーおうちだよ！」

「おにわも、ひろいにゃん！」

「はたけもあるよ♪」

「ええー、どんな家に住んでるんだろう？」

「気になるぅー！」

ノアとジェイクの言葉に、オリバーとヒューゴも頷きで同意した。

「今日は再会を祝って、料理と一緒に、秘蔵のお酒もご馳走します。敷地内に厩舎や馬車庫もあるし。雑魚寝でよければ、そのまま泊まってくれて構いませんよ」

「「「「おおーっ！」」」」

お酒と聞いて、みんなますます盛り上がっている。

「じゃあ、まずは冒険者ギルドで帰還の報告をして、ニーノさんの家にお邪魔しよう」

「俺もドミニク先生に、事件の顛末を報告しなきゃ」

俺たちは『銀狼の牙』の荷馬車で冒険者ギルドへ移動した。

冒険者ギルドのロビーで二手に分かれ、俺と子供たちは相談窓口で『カステラ串の件』でドミニク先生に取次ぎを頼んだ。

ちょうど時間が空いていたのか、すぐにドミニク先生が来てくれた。

「どうしたニーノ。あれから何かあったのか？」

「ええ。実は――冒険者たちの不買運動や依頼受注拒否に俺が絡んでいると誤解されて、子供たちを人質に取られて、ナイフを突きつけて金を脅し取られそうになったんです」

「脅し取られそうになったということは、無事だったんだな？」

「はい。対処不能で途方に暮れていたら、たまたま近くにいた『銀狼の牙』が助けてくれたんです。カステラ串を売っていた男たちは、強盗・傷害未遂の現行犯で、領兵隊に突き出しました」

「運がいいのか悪いのか解らない展開だが、とにかく無事でよかったぜ」

ドミニク先生は、ホッと肩を下ろして渋く微笑んだ。

「あともう一つ、相談したいことがあります」

そう言って俺は、ジャムの小瓶を詰め合わせた箱を取り出した。

「これはカステラ串の件でお世話になった、ドミニク先生へのお礼です」

「いつもすまんな。これはなんだ？」

「どら焼きのバターに混ぜた、五種類のジャムです」

「おおっ！　朝の試食でジャムを食べた連中が、茶菓子代わりにしても美味いと話してたぞ！　楽しみだな！」

「同じものをコレットさんとロランさんに渡したとき、瓶詰について報告するよう、ロランさんに勧められました」

瓶詰について報告のくだりで、ドミニク先生が真顔に戻る。

「詳しく聞かせてくれ」

「はい。この瓶詰は、俺が魔法で浄化した瓶に詰めて脱気・密閉したもので、瓶を開封しなければ、冷暗所で一年くらい、美味しい状態で保存できます。でも、魔法を使わずに瓶を消毒して、脱気・密閉することもできるんです」

「それは本当か!?」

「本当です。ジャムだけではなく、ソースやスープ、水煮、砂糖漬け、蜂蜜漬け、塩漬け、酢漬け、オイル漬けといった保存食を、誰でも長期保存可能な瓶詰にして、数か月から数年単位で、開封するまで品質劣化を遅らせることができるんです」

「それはぜひ、後日もっと詳しく聞きたい案件だ。ギルドマスターに報告して、日程を連絡する」

俺はドミニク先生と、日を改めて窺う約束をして別れた。

7．楽しい晩餐会

俺たちは『銀狼の牙』の馬車に乗って、冒険者ギルドをあとにした。

「駅馬車通りを左折して、関所を通って森に出てください」

「「「ええっ!?」」」

俺の指示に、『銀狼の牙』がギョッとする。

「河向こうは大森林だが……」

戸惑うのも無理はない。

関所の前を流れる河は、人が住む領域と、魔物が棲む大森林を隔てる境界線。

肉食系の魔物が闊歩する夜を大森林で過ごすのは、冒険者か、ヘルディア王国とリファレス王国を行き来する商人か旅人くらいだ。危険と背中合わせの大森林に住もうと考える人間は滅多にいない。

関所を通過したところで、俺は再び指示を出す。

「ヘルディア王国方面へ向かう馬車道をしばらく進むと、左手に見える大木のそばに脇道があります。そこを左折して道なりにまっすぐ進んでください」

道案内を聞いたノアが、俺を見て驚きの声を上げる。

「まさかニーノさんが借りてる家って、エルネスト兄さんが建てた屋敷なの!?」

「「「ええっ!?」」」

驚きを驚きで返したのは、ほかのメンバーと俺だ。

「「ニーノさん、『雷撃の覇者』の屋敷に住んでるのか!?」」

「ノアさん、エルネスト様の弟なんですか!?」

エルネスト『様』と呼んだのは、元Aランク冒険者で、引退して実家を継いだ高位貴族と聞いているからだ。二つ名なんて初めて知ったよ。

ノアが苦笑交じりで俺に言う。

「エルネスト兄さんは、父方の再従兄だよ。俺の祖母の弟が、エルネスト兄さんの祖父に当たるんだ。俺は子供の頃、祖母にそっくりだったから、姉上大好きな叔祖父様や伯父様たちにも可愛がってもらったよ」

「ってことは、ノアさんも貴族?」

「今は一応子爵令息。俺の父は伯爵家の三男で、継ぐ爵位がなかったから、準貴族の騎士だったけど、自力で男爵になって、エルネスト兄さんが侯爵家を継いだ原因のスタンピードの戦功で子爵になったんだ。そのとき兄たちも男爵になったけど、俺は四男で冒険者だから、貴族と結婚しない限り平民と変わらないよ。Aランク冒険者になれたら、男爵相当の扱いになるんだけどね」

「『銀狼の牙』の皆さんなら、きっとAランクになれますよ。ちなみに俺は、今Eランクです」

「へぇー。昇格試験受けたの？」

「いえ。Eランクになりたての若い冒険者たちが、運悪くDランクのプラトーンリーダー率いるゴブリンソルジャーの群れに遭遇して、Fランクの狩り場まで連れてきちゃって。代わりに討伐したら、Eランクに昇格したんです」

　それを聞いて、ジェイク、オリバー、ヒューゴ、ノアが溜息をつく。

「プラトーンリーダーを、Fランクの狩り場に連れてきちゃうなんて――」

「低ランクの冒険者たちが襲われて、大惨事にならなくてよかったよ」

「まったくだ」

「自分たちから挑んだんじゃなければ、厳重注意で済んだと思うけど。もし怪我人を出してたら、その子たち間違いなく降格処分。下手したら冒険者の資格を剥奪されてたよ」

「そんなに重い事態だったんですね。だからかな。護身格闘術の講師のドミニク先生が、エルネスト様のお屋敷の管理人に、俺を推薦してくれたんです」

　そこでノアが驚いた。

「ええっ⁉　あのお屋敷を、今はニーノさんが管理してるの？」

「実際に管理を委託されているのは商人ギルドで、俺は敷地内の巡回警備と、本館と庭の日常的な手入れと、定期的な設備の点検をする代わりに、格安でお屋敷に住ませてもらってるんです。厨房設備を自由に使えて、庭の果樹や畑から採った作物を商売に使えて、訳あり物件並みの賃貸料なんですよ！」

「双方に利益がある契約ってことか」

「はい。エルネスト様はお屋敷で、貴族や大商人、高ランク冒険者を相手に、一日一組限定の宿を兼ねた、完全予約制の高級レストランを営んでいたそうですが。皆さん、レストランを利用したことがあるんですか？」

　俺の問いに、ノアがちょっと自慢気に答える。

「俺は何度も泊めてもらって、ご馳走になったよ。一般的に、美食のダンジョン産の肉が最高だと言われてるけど、エルネスト兄さんのパーティーが大森林で狩った肉は、美食のダンジョン産と張り合えるほど美味しかったんだ」

「俺たちは、『雷撃の覇者』が大森林で高級レストランをやってるって話は聞いてたけど、当時はまだCランクだったから、さすがに利用したことはないな」

「はっきり場所を知っているのはノアだけだから、引き続き道案内を頼む」

「はい。ヒューゴさん。右手にお屋敷が見えてきました。T字路を右折してください」

「了解」

「うわぁ……敷地がすっごく広いよ！」

「さすが元Aランク冒険者のお屋敷だな」

正門に到着し、俺だけ降りて門を開けた。

「どうぞ入ってください。駐車場の北側に馬車庫があって、奥に厩舎がある放牧場もありますよ」

中へ案内すると、オリバー、ヒューゴ、ジェイクが目を丸くする。

「厩舎って、これか？」

「もっと小さい馬小屋を想像してたんだが……」

「でかっ!!　しかも複数あるよ！」

「貴族もレストランを利用してたんだよ。当然従者や護衛も馬車や騎馬で同行するし。一組と言っても、利用する人数は一家族とは限らないからね」

「「「なるほど」」」

ノアの説明に、俺も納得したよ。

荷馬車は馬車庫に格納し、魔馬のヴィントは厩舎へ連れて行く。

「ヴィントが気づいてくれたおかげで、ピンチのところを皆さんに助けてもらえたので、お礼に野菜や果物をあげたいんですが。ヴィントが食べても大丈夫か確認してください」

アイテムボックスから、馬が好きそうな野菜や果物を取り出すと、ヴィントが嬉しそうに嘶く。

「ありがとう、ニーノさん。どれもヴィントの好物だ」

「よかった。今日はヴィントのおかげで助かったよ。ありがとう。いっぱい食べてね」

俺がヴィントに声をかけると、子供たちも声を揃えて言う。

「「ありがとー、ヴィント」」

するとヴィントが嘶きで返す。

「ヴィントが『どういたしまして』と言ってるぞ」

テイマーのヒューゴがそう言って微笑んだ。

ヴィントの世話を終えてから、俺たちは馬車道を歩いて本館に向かう。

「うわぁ、お屋敷もでかっ！」

「さすが元Aランク冒険者のお屋敷だな」

「ああ……」

ジェイク、オリバー、ヒューゴの反応を見て、ノアが苦笑を漏らす。

俺は玄関の鍵を開け、来客を招き入れた。

「まだ二階の居住スペースしか家具がないんですけど、ダイニングテーブルセットは、店を開けるくらいアイテムボックスに入ってるし。一階のグレートルームには鉄板焼きカウンターがあるから、とりあえず一階で食事して、二階でくつろぎましょう」

俺はまず、鉄板カウンターの手前に、八人座れるテーブルセットを取り出し、カウンター回りに来客用の椅子を並べていく。

「今日は鉄板焼きをご馳走する予定ですが、俺もお腹が空いてるから、まずは再会を祝って、作り置きのオードブルで乾杯しましょう」

無限収納庫には、時間がないときや弁当用に、もう一品追加できる料理をいろいろ作り置きしてるんだ。

それを取り出して皿に盛り付けていく。

肉や魚介、生ハム、ウインナー、チーズ、むきエビ、ウズラの茹で玉子、夏野菜などを彩りよくピックに刺したお洒落な『ピンチョス』。

キハダマグロと夏野菜の『カルパッチョ』。

お好みでソースを選べる『牡蠣(かき)フライ』。

冒険者はみんなよく食べるけど、とりあえず、これくらいあればいいかな。

テーブルに並んだ料理を見た『銀狼の牙』が「「「おおお～！」」」と歓声を上げ、ノアが感心した様子で言う。

「ニーノさんの料理って、芸術的だよね。エルネスト兄さんのレストランも美味しかったけど、素材の旨味を活かした料理で、こんなに凝った盛り付けも、多彩な味付けもなかった。リファレス王国の王侯貴族の食卓でも、こんな料理は出ないと思うよ」

ってことは、料理文化が発達してないのは庶民だけじゃないんだね。

料理に続いて取り出したのは、最高級のヴィンテージシャンパンだ。

今日は屋台最終日だからか、これが召喚されていて、『一人で飲むのは勿体ないな』と思ってたから、ちょうどよかった。

俺は適温に冷えたシャンパンボトルを、吹きこぼれや危険防止のためのトーションで覆い、慎重に開封する。

トーションっていうのは、テーブルナプキンのことで、サーブする者が使う場合は名前が変わるんだ。

シャンパンをグラスに注ぐと、立ち上ってきた泡が弾ける音が聞こえる。

五つのシャンパングラスに、数回に分けて六分目までシャンパンを注ぎ、子供たちには麦茶ソーダを割れないグラスに注いで配った。

「じゃあ、奇跡のような偶然の再会を祝って。乾杯！」

「「「かんぱーい！」」」

「「「乾杯！」」」

シャンパングラスを掲げて声を張り上げ、早速グラスに口をつけた『銀狼の牙』が驚きに目を瞠る。

「なにこれ、すっごく美味しい！」

「エールかと思ったが、全然別物だ」

「発泡するワインか？」

「ただの発泡ワインじゃないよ！　伯爵家でも侯爵家でも、エルネスト兄さんのレストランでも、こんなに爽快で、芳醇（ほうじゅん）で、まろやかで、果実風味のコクがある美味しいお酒、飲んだことないよ！」

フランスのシャンパーニュ地方で製造されるスパークリングワインは、異世界でも高評価だ。

「これはお祝いするときに飲む、とっておきのお酒なんです」

「うわんっ！　おれもそれ、のみたい！」

「キャティもにゃん！」

「ぼくも！」

とっておきの美味しい飲み物と聞いて、飲んでみたくなる気持ちは解るけど――さすがに子供にアルコールは飲ませられない。

「シャンパンはお酒だから、子供が飲んだら病気になっちゃうんだ。大人になったら、ほとんどの人はお酒を飲んでも平気な体になるから、みんなが大人になったとき、お祝いに飲もうね」

「「「はぁーい」」」

へにょんと耳を寝かせてガッカリしてる姿はちょっと可哀想だけど、いけないことを、はっきりきっぱり『ダメ』って言うのも愛情だ。

「さあ、みんな。料理も食べて。美味しいよ」

「「「はぁーい！」」」

今度は笑顔で、元気なお返事が聞けたね。

「うわんっ！　にくー！」

「おしゃかにゃー！」

「おはなのハム～♪」

シヴァは真っ先にローストビーフのピンチョス、キャティは炙りマグロ、ラビはバラの花の形にした生ハムのピンチョスに手を付けた。

「オレ、エビもーらいっ！」

「「「俺もエビ！」」」

ピンチョスは一種類が四つずつだったから、むきエビとアボカドのピンチョスはこれでおしまい。

残りの炙りマグロとローストビーフは、オリバー、ヒューゴ、ジェイクのお腹に消えた。

子供たちとノアはキャラクターものや、飾り切りした食材を彩りよく組み合わせたピンチョスを食べている。

俺もピンチョスを摘まみながら、カルパッチョを人数分の小皿に取り分けて配った。

「ピンチョスには炙ったマグロを使っていますが、今日のカルパッチョは生のマグロを使っています」

「「「これ、炙りマグロと同じ魚？」」」

「おしゃかにゃー！」

「「おいしー！」」

「生のマグロも激ウマ！」

「調理法が違うだけで、まったく味が違うな」

「ああ。美味い」

「初めて生魚の料理が出てきたときは驚いたけど、慣れるとハマる味だよね」

「カキフライは、お好みでソースをかけてくださいね。これはタルタルソース。これはトンカツ用の濃厚ソース。これはおろしポン酢で、こっちは醤油です。レモンもありますよ」

「オロシポンズって、前にワイルドボアの焼肉に付けたソースでしょ？　あれ、さっぱりして美味しかった！　カキフライにも合うね！」

「サッパリもいいが、俺はこっちのノーコーソースが好きだ」

「いや、タルタルソース、最高だよ！　うっまぁ～！」

「ショーユで食べても美味いぞ」

ちなみに俺はどちらかというとレモン醤油派。シヴァは断然ソース派で、キャティとラビはタルタルソース推しだ。

大人も子供も美味しい笑顔で料理を食べている。

その様子を見ているだけで、料理人心が満たされるよ。

「料理も酒も最高に美味い！　ニーノさんのレストランがあれば、行きつけにするのに」

「だな」

「以前ご馳走になった甘いお菓子も最高だったよ。ドラヤキとベビーカステラ、食べてみたかった……」

「オレも～！」

甘党のノアとジェイクは、よほど屋台の焼き菓子を食べたかったんだね。

「屋台で売った焼き菓子は今手持ちがないけど、食後のデザートに『プティフール』っていう小さなお菓子を出しますよ」

「やったぁ！」

「楽しみにしてるね！」

オードブルで軽く食欲を満たしてから、鉄板焼きカウンターに移動した。

まずは海の幸を堪能するよ！

お客さんたちにはキュウリとツナのおつまみサラダを出して、俺は調理を開始する。

「一品目は、サザエのつぼ焼きです」

取り出したサザエを、ジェイク、ノア、オリバー、ヒューゴが物珍しげに見て言う。

「この貝、『サザエ』っていうんだね」

「うわっ、あっという間に殻から中身を取り出したよ！」

「上手いもんだ」

「さすがプロだな」

つぼ焼きは、カットしたサザエの可食部(かしょくぶ)に醤油ベースの調味料で下味をつけ、身と肝を煮汁ごと殻に戻して加熱する。

子供たちの分は肝抜きで、砂糖入りの甘口だ。

「調理するのも手際(てぎわ)がいいな」

「すっごくいい匂い～！」

「……香ばしい香りだ」

「美味しそう～！」

「おいしーにゃんよ！」

「おれ、これすき！　いっぱいかむと、いっぱいおいしい！」

「ぼくもすき♪」

　できたてのつぼ焼きをサーブすると、『銀狼の牙』が興味津々という風情で口にする。

「うまーっ！　美味いよ、これ！」

「美味しいっっ！　磯の香りと、調味料や薬味の味がマッチして、豊潤な味のハーモニーを奏でているよ！」

「歯ごたえがあって凄く美味い！　シヴァの言う通り、噛むほどに旨味が出てくるぞ！」

「ああ。エールが欲しくなる味だな」

「エールビールは手持ちがないんで、とりあえず生ビールをお出ししますね」

　大人四人にビールを出すと、つぼ焼きを肴(さかな)に飲み始めた。

「うまっ！　生ビールうまっ！」

「くぅーっ！　キレがあって、咽越(のどご)しがよくて美味い！」

「ぷはぁっ！　エールよりはるかに美味い！」

「キンキンに冷えた生ビール、最高！」

　現代日本の生ビール、この世界の冒険者に爆ウケしてるね。

　子供たちも三等分した味見程度のつぼ焼きを、ニコニコしながら食べてるよ。

　彼らが飲み食いしている間に、俺は次の料理を用意する。

「次はホタテ貝のバター醤油焼きです。巻貝は願い事が叶う縁起物ですが、二枚貝は夫婦和合の縁起物で、ホタテ貝は扇を開いたような形なので、別名『海扇』と呼ばれている、末広がりで二重に縁起がいい貝です」

「へぇー。ニーノさん、相変わらず物知りだよね」

今回は、ホタテと一緒に茸とパプリカも焼くよ。

大人には大きいホタテを丸ごと、子供にはホタテを食べやすい大きさに切って控えめの量で、彩りよく殻の上に盛り付けて出す。

「どうぞ。召し上がれ」

「うまっ！　この貝もうまっ！」

「コクがあって美味いな！」

「これも生ビールに合う！」

「プリプリした食感と、香ばしい風味がたまらないよ〜！」

お次は活オマール海老の鉄板焼き。

「「「わぁっ！　エビだ！」」」

「おっきいエビにゃん！」

「イセエビ？」

「残念ラビ。これはオマール海老。名前に『海老』って付いてるけど、ロブスターっていうザリガニの仲間なんだ」

　調理を始めると、『銀狼の牙』が驚いて叫んだ。

「わっ！　動いてる！」

「まだ生きてるぞ！」

「生きたまま焼いて食うのか⁉」

「残酷だよ、ニーノさん！」

　それ、活伊勢海老を焼いたとき、子供たちも言ってたね。

　子供たちが俺の代わりに、ドヤ顔で説明する。

「いきてるようにみえるだけ！」

「もう、しんでるにゃん！」

「しんでも、しばらくのあいだ、うごくんだよ」

「「「へぇー」」」

　伊勢海老はバター焼きにしたけど、今回は趣向を変えてみた。

「オマール海老の鉄板焼き、生雲丹（なまうに）のクリームソースです。バゲットと一緒にどうぞ」

　みんな海老が大好きだから、オマール海老も期待値ＭＡＸ（マックス）だよ。

「「「おいしー！」」」

「うまっ！　オマールエビうまっ！」

「エビとの違いが判らんが、とにかく美味い！」

「オマールエビ自体も美味いが、ソースとの相性も抜群だ！」

「濃厚な風味で、思わず悶えそうになるほど絶品だよ！」

オマール海老の次は、いよいよキャティの大好きな魚料理。『舌平目(したびらめ)のムニエル』だ。

舌平目は夏から秋が旬だけど、旬じゃない時期もあまり味が変わらないし。ほぼ年中獲れる魚だから、洋食屋ＮＩＮＯのコース料理にもよく組み込まれていた。

「舌平目のムニエル、ソース・ブールノワゼットです」

要するに、焦がしバターのソースだ。

大人には、お勧めの白ワインもつけちゃうよ！

「「「おいしー！」」」

「うんまっ！　めちゃくちゃうんまっ！」

「炙りマグロもカルパッチョも美味かったが、これも美味いな」

「ああ。ニーノさんが調理した魚は、臭みがなくて最高に美味い」

「淡泊な白身魚なのに、ソースが香ばしくて、味に深みが出ていてすごく美味しい！　ワインともよく合う！　素晴らしいよ、ニーノさん！」

ノアの感想って、グルメリポーターの食レポみたいだよね。

次はシヴァの好きな肉料理だけど、その前に口直し。

「アムリのソルベです」

「「「えっ!?」」」

ソルベに使った果実の名前を聞いた途端、『銀狼の牙』が目を剥いた。

「い……今、ニーノさん、なんて言ったの？」

「あり得ない単語が聞こえたんだが」

「まさかな」

「もう一度言ってくれる？」

「アムリのソルベです」

「「「アムリって……あの幻の果実の？」」」

「その、アムリの実ですよ」

「「「えええええぇーっ!!」」」

それは絶叫と言っていい程の驚愕の声だった。

「ア……アムリの実って、いったいいくらするんだ!?」

「生食しても効果がある、伝説級の若返りポーションの原料だよな!?」

「もう長いこと見つかってない、激レア中のレア果実だよ！」

「王族だって、喉から手が出るほど欲しがってる代物(しろもの)なのに……こんな稀少なもの、いただけないよ！」

ここまで派手なリアクションされるんだね。

「たくさん持ってるから、気にしないで、溶ける前に食べちゃってください」

「おいしーにゃんよ」

「おれ、アムリのソルベだいすき！」

「ぼくも♪」

「……お子様たちは、まったく気にせず食べてるな」

「溶けたらもったいないから、オレも食べる！」

「「そうだな」」

恐る恐るソルベを口にした『銀狼の牙』が、うっとりと余韻に浸る。

「幻の果実が、ひんやりと口の中で溶けていくぅぅ……！」

「これが幻の果実の味か……」

「想像していた以上に美味い……」

「こんな美味しいものを食べて、若返って美貌に磨きがかかるなら、王侯貴族が欲しがるのも無理ないよ……」

俺は苦笑交じりに打ち明ける。

「実はこのアムリの実を、冒険者ギルドに五十個ほど売りまして」

「「「えええっ!?」」」

「とりあえず前金だけもらって、今月末締め、来月十日に残金が振り込まれるんです。これが結構な大金なので、このお屋敷を一括払いで買うことに決めて、今は商人ギルドに『売約済み物件』として処理してもらってます」

それを聞いて、ノアがぱあっと瞳を輝かせて笑った。

「ありがとう、ニーノさん！　エルネスト兄さんの領地、ダンジョンがある大山脈周辺の復興(ふっこう)がまだ進んでなくて、金策に困ってる状態なんだ。来月十日の一括払いでこのお屋敷が売れたら、すっごく助かると思う」

「そうなんですね。領地はここから遠いんですか？」

「夏場に駅馬車を乗り継いで強行軍で行けば、領都マルスラーンまで一週間くらい。荷馬車で休憩しながらのんびり行けば、二週間くらいかな」

「マルスラーンって、リファレス王国最大の港湾都市と聞きましたが……」

「うん。マルスラ侯爵領は、南側が海に面していて、大きな港を持ってるんだ。東側は大山脈と、国内最大級と目されている未踏破ダンジョンがあって、北側はうちの本家の領地と、俺の家族の領地があるよ」

「へぇー。いつか行ってみたいな」

「観光案内もできるから、王国南部へ行くときは、『銀狼の牙』に護衛依頼を出してくれると嬉しいよ」

「そのときはぜひ、お願いします！　あ、護衛依頼と言えば、そろそろキラービーの蜂蜜を補充したいので、Gランクの子供連れで蜂の巣採取に行くための護衛依頼を出したら、冒険者ギルドに怒られちゃいますかね？」

「そりゃ、問題になるだろう」

　オリバーが真面目にそう答え、ジェイク、ヒューゴ、ノアが口を挟む。

「でも、わざわざ依頼書に『キラービーの蜂の巣採取に行くため』なんて書かなければ大丈夫じゃない？」

「ニーノさんは楽勝で、キラービーの巣を丸ごと採取できるからな」

「Eランク冒険者のニーノさんが、子連れでDランクの狩り場へ行くために護衛を雇って、そこでたまたまキラービーに遭遇して、巣を見つけて採取するのは問題ないと思うよ」

「たまたまじゃなくても、バレなきゃ問題ないって！」

「じゃあ、指名依頼を出したら、受けてもらえますか？」

「「「もちろん！」」」

「よかったぁ。『霧の月（ブリユメール）』に庭の畑で甜菜（てんさい）が収穫できれば、いくらか砂糖を作れるけど、今は全部キラービーの蜂蜜や麦芽糖で代用しないといけないから――」

　そこでノアが俺の言葉を遮って聞き返す。

「ちょっと待って、ニーノさん！　今なんか、凄いこと言ってなかった!?」

「え？　凄いことって、『庭の甜菜が収穫できたら、砂糖を作れる』ってことですか？」

「「「砂糖を作れるぅぅー!?」」」

「はい。市場や商人ギルドで調べたところ、高価な輸入品の砂糖は、精製してない黍砂糖か、砂糖黍を原料にした精製糖でしたが、お屋敷の畑で繁殖していた甜菜、別名『砂糖大根』からも砂糖が作れるんです」

「マジかぁー!?」

「まさかこの国でも砂糖を作れるなんて……」

「知らなかった……」

「このお屋敷の畑に、砂糖を作れる作物があるなんて、聞いたことないよ！」

「甜菜は、根に糖分が蓄えられて甘味はあるけど、土臭くて美味しくないし。葉もアクが強くて食用には向きません。砂糖を作るために栽培していたんじゃないなら、馬の餌にしていたのかも……」

「「「馬の餌……」」」

「『霧の月』に収穫できたら、砂糖の作り方を教えましょうか？　ノアさんがエルネスト様に教えてあげれば、領地復興資金の足しになるかもしれませんよ」

「……そうしてくれたら助かるけど……いいの？」

「はい。領地の事業として砂糖を作ってくれたら、雇用が生まれるし。少しは砂糖の価格が下がって、たくさんの料理人が気軽に砂糖を使えるようになるかもしれません。庶民でも気軽に甘味を楽しめるようになったら、俺も嬉しいです」

「それはオレも嬉しい！」

「「そうだな」」

ジェイク、オリバー、ヒューゴが同意し、ノアが瞳を潤ませて言う。

「ニーノさぁ～ん！　ありがとう～！　砂糖の作り方、俺の家族にも教えていい？」

「もちろんです。皆さんにはいろいろお世話になってるから、お互い様ですよ。採取の護衛、よろしくお願いします」

「任せてよ！　しっかり護衛しながら、キラービーが巣を作ってそうな場所へ案内するからね！」

「いろんな食材を探しているので、ほかにも、子供連れで採取に行ける場所があったら教えてください」

「もちろんだよ！　近場だと、辺境伯領の北にある淡水湿地帯がお勧めかな。ルジェール村から船で行けるし――」

いろいろ話しながら、俺も自分の料理を摘まんで、再び料理に取り掛かる。

今日のお肉は、上質な赤身が美味しい、高知(こうち)県独自の希少な和牛『土佐(とさ)あかうし』。

子供たちと俺だけのときはしなかったけど、子供たちから遠い位置の鉄板で、フランベ

「今から火を使うので、危ないから、身を乗り出さないでくださいね」

一言注意し、ブランデーを振りかけて火をつけると、ボッと炎が上がる。

「わぉーん！」

「にゃぁぁぁーっ！」

「きゅぅぅーっ！」

「うわっ!!　何するの!?」

「肉に火をつけたぞ!!」

「肉が燃える！」

「ステーキが焦げちゃうよぉぉーっ！」

みんな一斉に叫んで騒然となったが、すぐに鎮火した。

ビックリさせようと思ってやったパフォーマンスだけど、違う意味で驚かせちゃったな。

少し冷静さを取り戻したノア、オリバー、ヒューゴ、ジェイクが、俺を質問攻めにする。

「ニーノさん、今の何!?」

「ボーッと燃えて、自然に消えたぞ！」

「こんなの初めて見た！」

「派手に炎が上がったのに、肉は焦げてないんだね」

「今のは『フランベ』といって、料理の仕上げにアルコール度数の高いお酒をかけ、火を点けてアルコール分を一気に飛ばし、肉に香りづけして、旨味を閉じ込める調理方法です。使ったのはブランデーという、ワインを原料にした蒸留酒です。よければ寝酒に差し入れますよ」

「「「ぜひ！」」」

大人の食事のお供には赤ワイン。子供たちにはぶどうジュースを添えて。

「ステーキは、岩塩、バルサミコ酢ソース、にんにく醤油ソース、おろしポン酢、お好きな調味料をつけて召し上がれ。辛いのが好きなら、ソースに少しわさびを混ぜても美味しいですよ。子供用はわさび抜きで、俺がちょい付けして盛り付けたからね」

肉好きのシヴァがブンブン尻尾をぶん回して喜んでるよ。

「ぅわんっ！　おいしー！」

「ほっぺがおちしょーにゃん！」

「ん～♪」

モリモリ食べてるシヴァも、ほっぺを押さえて身悶（みもだ）えながら笑うキャティも、味わいながらうっとりしてるラビも、すっごく可愛い。

大人組も嬉しそうに舌鼓（したづつみ）を打っている。

「うっまぁーっ！　岩塩も、バルサミコスソースも、ニンニクショーユソースも、オロシポンズも、うっまぁーっ！」

「ソースにワサビを入れると、ツーンとくるのがたまらん！」

「俺は特にこの、ニンニクショーユソースが好きだ！」

「あっさりオロシポンズもいいよ！　エルネスト兄さんも肉を焼くのは上手かったけど、ニーノさんはもっと料理上手だよ！　赤ワインも美味しい！　俺もう、ここのうちの子になりたい！」

「何言ってるんだ、ノア。お前酔ってるのか？」

「酔ってないよぉ！　ニーノさんの料理には心酔（しんすい）してるけど！」

「酔っぱらいはみんな『酔ってない』って言うぞ」

「オリバーこそ絡み酒ぇ？」

大勢で食事するのも賑やかで楽しいね。

「最後に焼き菓子も出すけど、お腹具合はどうですか？　まだ入るなら、鉄板焼き炒飯（チャーハン）を作ります。炒飯食べたい人ー！」

「「「「「はいっ！」」」」」

子供たちと一緒に、大人も手を上げて勢いよくお返事したよ。

俺は手早く炒飯作りに取り掛かる。

今回は豚肉とニンニクと卵と刻み葱を、ごま油と中華スープで炒め、塩コショウと醤油で味付けするガーリック炒飯だ。子供用はニンニク控えめだけど、大人用はたっぷり入れるよ。

「くぅ〜ん！」

「きゅー♪」

「いい匂い〜！」

「おいししょーにゃん！」

「ああ。美味そうだ」

「チャーハンって、こうやって作るんだな」

「料理するのを見ながら待つのも楽しいよね」

子供たちには少なめに、冒険者たちには多めに皿に盛り付け、大人と子供で大きさの違うレンゲを添えて、スープ玉を湯で溶いた中華スープとともに配った。

「さあ、召し上がれ」

促すと、みんな笑顔で炒飯を頬張る。

「「おいしー！」」

「うまっ！　チャーハンもうまっ！」

「この炒飯は、ニンニクが効いてて美味いな！」

「ああ。前に食べたチャーハンも美味かったが、これも美味い！」

「こんなに美味しい料理ばかり、お腹いっぱい食べられるなんて、最高だよニーノさん！」

ラストはお待ちかねのデザートだ。

「食後の紅茶とプティフールです」

取り出したのは、デコレーションした一口大のケーキやミニタルト。

俺と子供たちだけなら、作り置きの中から一種類を四つ出すけど、今日は『銀狼の牙』がいるから、いろんな種類を出しちゃうよ！

「ぅわんっ！　うれしいにおいのおかし！」

「かわいーにゃん！」

「おいしそう♪」

「ひゃー！　すっげぇ！　いろいろある！」

「手が込んだ菓子だな」

「芸術的だ」

「こんなにきれいなお菓子が出てくるとは思わなかった！　素晴らしいよ、ニーノさん！」

「どうぞ、食べてみてください」

「いろいろあって、どれにするか迷うな」

「ああ」

「キャティ、ピンクのがいいにゃん！」

「おれ、うれしいにおいのクリームいっぱいの！」

「ぼくね、くだものいっぱいのがいい♪」

キャティはイチゴのシフォン生地にホワイトチョコの花を飾ったミニロールケーキ。

シヴァは生クリームを口金で絞って、デコレーションしたミニタルト。

ラビはフルーツ五種盛りのミニタルト。

迷ってる『銀狼の牙』には、解説が必要だね。

「これはオレンジゼリーを載せたレアチーズケーキ。こっちはブルーベリーのレアチーズケーキ。これは俺用に作った、大人向けのビターチョコを使ったザッハトルテ。こっちも大人向けの、甘くてほろ苦い抹茶ケーキと、コーヒーケーキです」

「「「俺コーヒー！」」」

オリバー、ヒューゴ、ノアは、大森林で夜のお供に出したコーヒーが気に入ったんだね。

「「「じゃんけんで決めよう！」」」

三人がじゃんけんしている間に、ジェイクはほかのケーキを品定め。

「オレンジって、オランジェールみたいな果物？」

「そうですね。同じ柑橘類です」

「じゃあ、オレこれにするぅ～！」

一方、白熱した様子でじゃんけんに挑んだ三人は、オリバーが勝って、コーヒーケーキをゲット。

「ぃよっしゃあぁぁー！」

「うわぁー、負けたぁ～！　じゃあ俺はこの、ブルーベリーのケーキにするよ」

「俺は抹茶ケーキ」

ノアはブルーベリーレアチーズケーキで、ヒューゴは抹茶ケーキを選んだ。

ザッハトルテが残ったのは、俺用に作ったと言ったからかな？

それとも、チョコフォンダンでコーティングした黒い見た目が不人気なの？

子供たちはプティフールとルイボスティーを受け取ると、早速嬉しそうにちまちま食べ始めた。

シヴァは何度も、一人だけ一口で食べて切ない顔でラビとキャティを見ていたから、学習したんだね。今日は一口齧って、モグモグしてからお茶を啜っている。

俺と『銀狼の牙』もデザートに手を付けた。

「オレンジのレアチーズケーキうまっ！」

「ブルーベリーチーズケーキも、なめらかな口当たりで、甘酸っぱくて美味しいよ！」

「コーヒーケーキも美味いぞ」

「抹茶もイケる」

「「「できれば全種類食べてみたかった！」」」

食べさせてみたいよ。いろんなスイーツを。

屋台もいいけど、俺はやっぱり飲食店を開きたいな。

「「「ごちそうさまでした」」」

「はぁーっ、堪能した！　全部美味しかったよ、ニーノさん！」

「いろいろご馳走になったな。ありがとう」

「美味かった。どの料理も絶品だった」

「またニーノさんの料理が食べられて、すっごく嬉しいよ！」

「喜んでもらえて、俺も嬉しいです。これからレストルームとパウダールームに魔石をセットしますので、二階に上がる前に装備を外して身軽になってください。どちらの部屋にも、シャワーつきのサニタリールームと更衣室がありますので、二人ずつ部屋を使ってくださいね。シャワーを浴びたあとで着る服は持ってますか？」

「馬車の中に予備があるから、取ってくるよ」

俺は『銀狼の牙』が荷物を取りに行ってる間に、使う二部屋を整える。

「控室でシャワー待ちしてる人が座る場所も必要だよね」

広い控室には、それぞれダイニングテーブルセットを置いておく。

二部屋の水回りと照明の魔石をセットし、備品や消耗品を配置して、グレートルームで待っていると、『銀狼の牙』が戻ってきた。

「おかえりなさい、皆さん。シャワーの準備できてますよ」

　俺は彼らをグレートルームから近いレストルームに案内し、サニタリールームのドアを開けて説明する。

「タオルは更衣室のクローゼットにあるのを自由に使ってください。石鹸とリンスはここにあります」

「「「リンスって何？」」」

「リンスは洗い髪が痛むのを防いで、髪の表面を滑らかにするものです」

「「「えっ!?」」」

「もしかして、ニーノさんと子供たちの髪がやけにサラサラツヤツヤしてるのは、リンスを使ってるから!?」

「「「うんっ！」」」

「石鹸で洗ったあとで、これを髪に馴染ませてから、しっかり濯（すす）いでくださいね」

「ありがとう。ぜひ使わせてもらうよ」

　ロン毛のノアは嬉しそうだ。

「あとこれ、客用スリッパです。浄化魔法をかけてあるので、よかったら風呂上がりに使ってください。俺は皆さんがシャワーを浴びている間に、寝具の準備をします。終わったら、二階のグレートルームに来てもらえますか？」

「解った。俺はここに何度も泊まってるから、案内がなくても大丈夫だよ」

ノアがそう言ってくれたので、俺は子供たちを連れて二階へ上がった。

まずは二階ホールの東側にある、客用トイレを使えるようにしておかないと。

それが終わったら、二階のグレートルーム改めファミリールームでおもてなしの準備。

「ソファセットをロングカウチに組み直せば、細身の男性一人は寝られると思うけど、念のため、書斎のソファベッドをこっちへ移動させるか」

アイテムボックスに収納すれば、大型家具の移動も簡単だ。

あとは、森で昼寝するために買った上掛けを四人分出して、冷蔵庫にお酒のお供を補充して、色々楽しめるようテーブルセッティングしておけばいいかな。

ブランデーは、未開封の一番いいやつを出そう。

つまみは自家製ドライフルーツと、塩アーモンドと、一口サイズのチョコレート。

俺用に作った、秘蔵のプラリネやトリュフの美味しさに驚愕するといいよ。

用意が整った頃、さっぱりした様子の『銀狼の牙』がファミリールームに入ってきた。

「いらっしゃい、皆さん。二次会の準備ができてますよ」

「わぁ～、すごい！　きれいなお姉さんがいる高級なお店みたい！」

「こら、ジェイク！　お前、子供の前で何言ってんだ！」

「いや、ちゃんとぼかしたからね！」

オリバー。気持ちは嬉しいけど、子供たちの記憶に残らないようサラッと流して、あとで注意してくれればいいよ。

俺は会話をぶった切って、四人に言う。

「そろそろ子供たちを寝かしつける時間だから、俺はお付き合いできないけど、セルフサービスの宿だと思って、ゆっくりくつろいでくださいね」

「「「ありがとう、ニーノさん」」」

「あと、これがブランデーという蒸留酒です。強いお酒なので、色や香りを楽しみながら、ゆっくり時間をかけて味わってくださいね」

俺はブランデーの飲み方について、一通り説明した。

「テーブルの上に氷や水の用意をしていますが、お湯が必要なら、キッチンで沸かしてください。調理器具も食器も、自由に使って構いません。冷蔵庫には、氷やソーダ水はもちろん、酔い覚まし効果があるお茶やジュースも入っているので、こちらも必要なだけ、自由に使ってください。おつまみが足りなければ、冷蔵庫に入ってるハムやチーズも食べていいですよ」

「いろいろ気を使わせてすまんな」

「いえいえ。では、おやすみなさい。いい夜を」

「「「ニーノさんも、いい夜を」」」

夜の別れの挨拶を交わし、俺は子供たちを連れて主寝室のスイートへ移動する。

「いつもより風呂の時間が遅くなったね。キャティ、眠いの？　もうちょっと頑張って、シャワーだけでも浴びようか。キャティは俺が世話するから、シヴァとラビは自分で頭と体を洗ってね。洗い終わったら、魔法で髪を乾かすよ」

「「はぁい」」

子供たちだけシャワーを浴びさせ、寝支度を整えて寝室に連れて行く。

ベッドに寝かせると、キャティはそのまま寝落ちしたし。男の子たちも、すぐにぐっすり眠ってくれた。

「さて。俺もシャワーを浴びるか」

シャワーブースで温かい湯を浴びながら、俺は今日の出来事を思い返す。

最終日の屋台営業は、焼き菓子もかき氷も大繁盛。

でも、帰り道で、カステラ串の件で俺を逆恨みした串焼き屋に襲われた。

と思ったら、偶然『銀狼の牙』に助けられ、再会を祝う楽しい晩餐会で腕を振るえた。

良いことと悪いことをプラスマイナスした結果、なかなか良い一日だったと思う。

明日から暦が『実りの月（フリユクティドール）』に変わるけど、来月も、みんなと楽しく過ごせたらいいな。

エピローグ

ヘルディア王国に召喚された四人の高校生たちは、今日も激しく苛立(いらだ)っていた。

「はぁ～っ、もうやだぁ～！　料理は不味(まず)いし、甘いお菓子も、美味しい飲み物もないのに、何を楽しみに頑張ればいいのぉ～!?」

聖女の桃園愛里(ももぞのあいり)が泣き言を言い、勇者の赤井勇人(あかいはやと)が同調する。

「食べ物も不満だらけだけど、娯楽がないのもツライよ。毎週楽しみにしてた漫画の続きも読めないし。テレビもゲームも、流行りの音楽もないなんて！」

賢者の青木賢士(あおきけんじ)もため息をつく。

「スマホもノートパソコンも、バッテリー切れでもう使えない。どうして誰も、ソーラー充電器を持って来なかったんだ！」

「キャンプや登山に行くんじゃあるまいし。ソーラー充電器なんて持ち歩くかよ」

聖盾騎士の黒田一騎(くろだかずき)のツッコミに、赤井勇人と桃園愛里がコクコク頷く。

「今は武術や魔法の訓練ばかりだけど、来月からダンジョンに潜るって言ってたから、魔物相手にゲーム感覚で無双すれば、少しはストレス解消できるんじゃないか？」

　黒田一騎の言葉に、赤井勇人が拳を握って吠える。

「うぉぉぉーっ、殺ってやる！　ゴブリンだろうと、コボルトだろうと、束になってかかって来いやぁ！」

「そんな雑魚、僕の魔法で一掃してやります」

「俺もシールドバッシュでタコ殴りにして、シールドチャージでぶっ飛ばしてやる！」

「アンデッドへの攻撃なら任せて！　聖なる光でこの世から抹殺してやるわ！」

　燃え上がる四人の心が一つになった。

　彼らはまだ見ぬダンジョンに思いを馳せ、募る不満から目を逸らしたが――。

　ダンジョン――それは魔物たちが出現する、迷路に似た不思議な空間。

　攻略する際に持ち込む食料は、ほとんどが日持ちする保存食。

　風呂はなく、マントを寝具代わりに使い、催せば『雉撃ち』や『お花摘み』に行くしかない。

　果たして彼らは、その現実に気づいているのだろうか？

おわり

番外編

チートな料理人

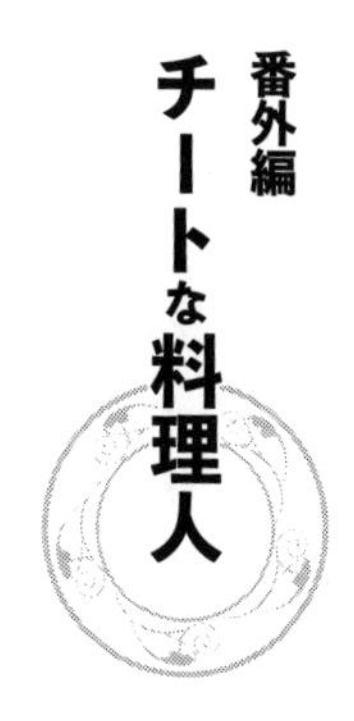

俺はドミニク。かつて『鉄壁の魔漢』という二つ名を持つAランク冒険者だったが、現在は引退し、大森林に面した『ルジェール村冒険者ギルド』の職員をしている。

担当している主な仕事は、窓口業務のクレーム対応と、護身格闘術の講師。

それに最近、『料理屋ニーノの相談役』という仕事が加わった。

ニーノは獣人族の幼い子供を三人連れて、全六回の『護身格闘術入門コース』有料個別レッスンを受けに来た生徒だ。

生徒の事前情報として、『ニーノが奴隷商人に攫われた子供たちを保護している』とは聞いていたが――子供たちはニーノを信頼し、とても懐いているようだ。攫われた子特有の悲壮感や、不安げな様子は感じられない。

この村で冒険者登録をしたニーノは、上層部で『期待のルーキー』と噂されている。

ニーノのアイテムボックスは、ゴブリンジェネラルの群れに襲われた奴隷商人の荷馬車や、大森林で狩った大量の魔物を丸ごと収納できる上、時間も停止するらしい。

アイテムボックスの性能や容量は魔法の才能と比例するため、魔法師としての腕も期待できるが――こんな大容量アイテムボックスがあれば、有事の際には、一人でほとんどの兵站任務を担うことができるだろう。

かつて女神に召喚された、伝説の勇者レイジー・カシーマ語録から言葉を借りると、これは『チートスキル』ってヤツだな。

ニーノはなんとしても、ルジェール村冒険者ギルドで確保しておきたい人材だ。

初回レッスンを始める際、身体能力テストをやらせたところ、年齢の割に身体能力が低かったが、すぐに身体強化魔法を習得した。

身体強化して垂直飛びをさせてみると、三層吹き抜けの天井を突き破る勢いでぶち当たり、立ち幅跳びでも壁に激突したのに、ダメージもなくピンピンしている。

ツッコミどころ満載だろ。大賢者トーマ・アリスガーの術式による強固な結界が張られてなきゃ、間違いなく第二訓練棟が破壊されていたぞ。

翌日ニーノは、午前中森へ採取に行って、Fランクの狩り場に出てきたゴブリンソルジャーの群れを討伐し、Eランクに昇格した。

Dランクのプラトーンリーダーもいたと聞いている。なかなかやるじゃないか。

しかも連日、エリクサーの原料になるエルディナ草やら、絶滅したトネリエッダの珪花木やら、激レア素材をバンバン採ってきたらしい。

こりゃ確実に、レア素材を探索するスキルや、鑑定スキルも持ってるな。

ニーノが腕のいい料理人でもあると知ったのは、三回目のレッスンのあと、訓練棟一階ロビーの休憩所で、子供たちとおやつを食べているのを見かけてからだ。

声をかけると、ニーノは俺にも『ドラヤキ』という焼き菓子を振舞ってくれた。

食べる前、手に浄化魔法をかけられたのにも驚いたが、菓子の味にはもっと驚いたぜ。

黒くてツブがある甘いものと、白くてふわふわした甘いものを挟んだ、こんがりきつね色に焼けたやわらかい二枚の皮——三種類の違う食感と味が絶妙にマッチしていて、とんでもなく美味い！

こんなに美味いものを食べたのは、生まれて初めてだ。

あんまり美味かったんで、翌日もレッスンのあと、さりげなーく通りかかって、ご相伴に預かった。

ビックリするほど甘いイチゴと、ドラヤキにも使われていた白いナマクリームを添えた、ドラヤキの皮よりふわっふわの菓子だ。

「毎日こんな美味い菓子を食べられて、ちびっ子たちは幸せだな」

思わずそう呟いたら、子供たちが朝食や昼食に何を食べたか口々に話し始めた。

よくわからん単語がたくさん出てきたが、どうやら魔力回復効果があるマナベリーや、体力増強効果があるシャラメロも、料理に使って食べさせているらしい。

どちらもポーションの原料として、高値で取引されている。自分で採取すればタダだが、金になるんだから、普通のEランク冒険者なら食べずに売るぞ！

まあ……ニーノは激レア素材を採取しては、バーンと大きく稼いでるらしいから、マナベリーやシャラメロは、高価買取素材のうちには入らないんだろうな。


ニーノに借家について聞かれたのは、その翌日。とろっとした黄色いクリームと、ふわっとしたナマクリームを薄い皮に詰めた、シュークリームを相伴したときだ。

「俺、事情があって、しばらくルジェール村周辺で暮らそうと思うんですが。ずっと宿屋暮らしというのに抵抗があって。短期更新で家を借りるとかできるんですかね？」

「俺はルジェール村に家を建てて暮らしてるけど、現役時代は、よく月単位で家を借りてたぜ」

俺の場合、身体がデカすぎて宿のベッドが合わないのが理由だったが。ニーノの場合、宿では料理ができないからかもな。

ギルドの相談窓口で聞いてみろとアドバイスしたが、俺もニーノが気に入りそうな物件を探してみるか。

そこでふと思い出した。エルネストの屋敷が、商人ギルドで塩漬けになっていることを。

エルネストこと『雷撃の覇者（はしゃ）』率（ひき）いるAランクパーティー『天の裁（さば）き』が引退する際、真っ先に『冒険者ギルドで買い取れないか』と相談された物件だ。

しかし、当時のルジェール村冒険者ギルドは、稼ぎ頭が引退するため財政悪化が予想され、大金を動かす余裕がなかった。

屋敷は商人ギルドが売買を仲介することになったが、村の外という立地が災いし、二年経っても買い手がつかない。

だが、あの屋敷は完全予約制の隠れ家的レストランを経営していただけあり、厨房設備が整っている。料理人なら絶対気に入るだろう。

売れずに持て余している物件なら、いっそニーノに貸してくれねぇかな。

「しばらくとは言わず、ニーノにはずっと大森林を活動拠点にして欲しいから、ギルドの魔道通信で交渉してみるか」

俺はあちこち手を回し、エルネストの屋敷を候補物件の中に押し込んだ。

全六回のレッスンが終了した翌日、ニーノは候補物件を内見したらしい。

報告のため、俺に会いに来たのは三日後の朝だ。

「先日のお礼と、相談事があって伺いました」

みんなで朝のおやつを食べながら、話を聞くことになった。

出されたのは、ドラヤキとシュークリームだ。

「以前お裾分けしたどら焼きとシュークリームは、どちらも生クリーム入りでしたが、今回は入ってません。屋台で売ることを考えて、手に入れやすい食材で試作しました」

俺は勧められるまま、ドラヤキを試食する。

「皮が前のと微妙に違うな。前の皮はふわっとしてたが、今日のはもちっとしてる」

食感が違うのは、使った材料が違うからだ。

ニーノが故郷で使っていた小麦粉は、この国で出回っている小麦粉とは、小麦の種類も、製粉の仕方も違うらしい。

ニーノは自分のスキルで『キョウリキコ』という小麦粉を製粉し、足りない材料を塩水から作り、近い食材を代用して、この菓子を試作したという。

これも『チートスキル』ってヤツだな。

ナマクリームなしの、カスタードシュークリームも美味かった。

クリームはどちらも傷みやすいらしく、真冬でなければ屋台で売るのは難しそうだが、ドラヤキは近々屋台を出すそうだ。

「あと、お礼を言うのが遅くなりましたが、商業ギルド職員のマルセルさんから聞きました。先生が俺を、村の外にあるお屋敷の管理人に推薦してくださったんですね。ありがとうございます。破格の条件だったので、早速賃貸契約を結んで、一昨日引越しました。これは感謝の気持ちです」

渡されたのは、瓶に入ったカラフルな焼き菓子。

「これは野菜や果物を混ぜて作った『クッキー』という、サクサクした軽い食感の焼き菓子です。季節や保管状況にもよりますが、賞味期限――つまり、安全に美味しく食べられる期間は、三日から一週間。でも、浄化魔法をかけた密閉できる瓶に詰めて、賞味期限を延ばす魔法をかけているので、開封しなければ、一カ月くらい経っても美味しく食べられます」

「それは本当か!?」

「よかったら試食用を出しますので、瓶詰は一カ月後に食べてみてください」

促されるまま、俺はクッキーを試食した。

「美味い！　このサクサクした軽い食感と味が、ホントに一カ月ももつのか!?」

身を乗り出して尋ねると、ニーノはその分後ろへ身を引きながら答える。

「本当です。俺の故郷では、賞味期限を延ばす魔法を使った保存方法は、一般的に使われているんです」

賞味期限を延ばす魔法なんて、聞いたことがない。

そんな魔法があるなら、俺の現役時代に普及していて欲しかった!!

冒険者は過酷な職業だ。魔物と戦闘するのも命懸けだが、ほかにも苦労は山ほどある。

ひとたび冒険に出ると何日も着たきりで、魔物の体液や泥に塗れても風呂に入れねぇ。

危険地帯で周囲を警戒しながら、マントを敷いて横になったり、座って寝たり、その辺で用を足したりしなきゃならねぇ。

何よりつらいのが、保存食しか食えないことだ。

運が良ければ、近くで狩った鳥獣や魔物を炙って食える。

だが、場所によっては、肉を狩っても調理できず、手持ちの保存食で空腹を紛らわせなければならない。

そんな日が長く続けば、古くなった食料に当たることもあり、危険地帯で腹を下して困った――なんてのは、冒険者あるあるだ。

生きて帰れりゃ笑い話だが、戦闘中に体調を崩したら命に関わる。

美味くて賞味期限の長い保存食があれば、極限状態に身を置く冒険者たちの心と体を守れるだろう。

ニーノはこれを量産できるというので、ギルドの売店で販売することを提案した。

ギルドマスターは間違いなく、この提案に賛同するはず。

俺の読みは大当たりで、かなり乗り気になっている。


日を改め、ギルドマスターと秘書を交えた会合の場で、ニーノはアイテムボックスから、販売用の試作品を取り出した。

「今回は仕切りつきのラッピング箱に、四種類を個包装して四袋ずつ、十六枚入りで詰めてきました。この半透明の小袋は、和紙という紙に、空気を通さないバリア魔法を施しています。箱なら瓶より軽くて持ち運びしやすい上、バリア袋にお菓子を入れて密封し、賞味期限を延ばす魔法をかけているので、全部一度に魔法が切れることはなく、手を洗えない場所でも、袋越しにつかんで食べられるから衛生的です」

冒険者は食事の度に手を洗えるとは限らないから、ギルド側はニーノの提案を支持した。

早速試食してみたところ。

「うん？　『キョウリキコを使うとザクッとした食感の硬いクッキーになる』と聞いていたが、そんなに食感が違うか？」

「とうもろこしから作ったコーンスターチを少し混ぜて、硬くなる成分を薄めているんです。なるべく食感を軽くするため、焼く前の生地の厚さにもこだわりました」

ニーノはより美味い菓子を作るため、いろいろ工夫してるんだな。


本当に、特殊包装した菓子が一カ月もつかは、一カ月後まで判らない。

だから賞味期限を延ばす魔法については伏せたまま、試験的に一週間、クッキーを販売してみることになった。

その期間のみ、ニーノから提案された試食販売を行うことになったんだ。

試食用にカットされたクッキーを食べた冒険者たちは、その美味さに魅入られ、金を持ってる奴らは大量にまとめ買いしていく。

ギルド職員が休憩時間に行っても、売り切れていて買えない。

そんな声がいくつも上がり、一人当たりの販売量を制限したら、Ｇランクの子供や休職中の怪我人に買いに行かせる者が出てきた。

希望者全員が買えるよう、ニーノは日に日に商品の数量を増やしていく。

毎日一人でこんなに大量の菓子を作って、包装できるもんなのか？

そういうチートスキルもあるんだな？

そうとしか思えないから、この件に関してはツッコむまい。


クッキーの試食販売を大盛況で終え、翌週から、ニーノは屋台営業を始めた。

朝はベビーカステラと、二種類のドラヤキとお茶。

午後からはカキゴオリ。

初日は朝の休憩時間に焼き菓子を買いに行ったら、すでに売り切れていて、フライドポテトの試食販売をしていたが。それも『美味い』と噂になっている。

ベビーカステラに至っては、人気が出過ぎて、カステラ串なるものに加工し、自分の店の商品として転売する輩（やから）が出た。

ニーノに相談されて調べてみると、カステラ串を売っている串焼き屋台の男たちが、べビーカステラを大量購入しているのを見た冒険者が結構いる。

冒険者の間で、『カステラ串はベビーカステラを使っているんじゃないか？』と噂になっていたようだ。

俺はニーノとともに、ベビーカステラを転売している現場に乗り込んだが、相手は加工品の転売を悪いことだと認識していない。

これが名匠による武器や防具、魔道具、家具、宝飾品、服飾品、絵画や彫刻・彫像といった芸術品なら、大賢者が職人や領地の産業を保護する法案を取りまとめ、盗作や贋作を犯罪として禁止している。

しかし、料理などの消え物に関しては、保護指定されていないのが現状だ。

話し合いでの解決を諦めたニーノが取った対策は、ベビーカステラの販売中止。

ベビーカステラを買うのを楽しみにしていた冒険者たちは、食い物の恨みをぶつけるように、カステラ串を売った者の実名や屋台の場所を曝し、依頼拒否や不買運動を起こした。

それを知った串焼き屋台の男たちは、ニーノに逆恨みして犯罪に走り、その場に居合わせた『銀狼の牙』が取り押さえ、領兵隊に突き出したらしい。

事の顛末を報告に来たニーノは、カステラ串の件で世話になった礼だと言って、屋台で売った日替わりドラヤキのバターに混ぜた、五種類のジャムの瓶詰をくれた。

「同じものをコレットさんとロランさんに渡したとき、瓶詰について報告するよう、ロランさんに勧められました」

冒険者ギルドから派遣した売り子のロランは、隠密(おんみつ)行動に特化したスキルを持つ、冒険者ギルドの調査員でもある。

「詳しく聞かせてくれ」

「はい。この瓶詰は、俺が魔法で浄化した瓶に詰めて脱気・密閉したもので、瓶を開封しなければ、冷暗所で一年くらい、美味しい状態で保存できます。でも、魔法を使わずに瓶を消毒して、脱気・密閉することもできるんです」

「それは本当か!?」

「本当です。ジャムだけではなく、ソースやスープ、水煮、砂糖漬け、蜂蜜漬け、塩漬け、酢漬け、オイル漬けといった保存食を、誰でも長期保存可能な瓶詰にして、数か月から数年単位で、開封するまで品質劣化(れっか)を遅らせることができるんです」

「それはぜひ、後日もっと詳しく聞きたい案件だ。ギルドマスターに報告して、日程を連絡する」

俺はニーノと別れたあと、急いでギルドマスターにこの件を報告しに行った。

冒険者ギルドの売店で売る保存食は、クッキー以外にも増えそうだ。

これから忙しくなるぞ。

おわり

コスミック文庫 α

異世界料理で子育てしながらレベルアップ！
～ケモミミ幼児とのんびり冒険します～ 3

2024年5月1日　初版発行

【著者】　桑原伶依

【発行人】　佐藤広野

【発行】　株式会社コスミック出版
〒154-0002　東京都世田谷区下馬 6-15-4

【お問い合わせ】　一営業部一　TEL 03(5432)7084　FAX 03(5432)7088
一編集部一　TEL 03(5432)7086　FAX 03(5432)7090

【ホームページ】　https://www.cosmicpub.com/

【振替口座】　00110-8-611382

【印刷／製本】　中央精版印刷株式会社

ISBN978-4-7747-6556-3 C0193